講談社文庫

流言

武商繚乱記（三）

上田秀人

講談社

目次——流言　武商繚乱記（三）

元禄期ころの大坂

地図作成／アトリエ・プラ

〔第三巻『流言』――おもな登場人物〕

山中小鹿《やまなかころく》　大坂東町奉行所普請方同心。東町奉行増《ま》し役《やく》に出向した。
和田山内記介《わだやまないきのすけ》　東町奉行所筆頭与力。実力者。
伊那《いな》　和田山の娘。小鹿の妻となったが不義をはたらく。
阿藤左門《あとうさもん》　東町奉行所与力だったが同心に格下げされる。
伊三次《いさじ》　阿藤家の三男。幼馴染《おさななじ》みの伊那に近づき、追放される。
竹田右真《たけだうま》　小鹿の同僚。
堺屋太兵衛《さかいやたへえ》　大坂の商人。
大石内蔵助《おおいしくらのすけ》　赤穂《あこう》藩城代家老。堺屋と旧知。
浅野内匠頭《あさのたくみのかみ》　赤穂藩主。
松平玄蕃頭忠固《まつだいらげんばのかみただかた》　大坂東町奉行。
土岐伊予守頼殷《ときいよのかみよりたか》　大坂城代《じょうだい》。赴任直後に淀川《よどがわ》氾濫があった。
淀屋重當《よどやじゅうとう》　大坂の豪商淀屋の四代目当主。
淀屋三郎兵衛辰五郎廣當《さぶろうべえたつごろうこうとう》　淀屋の跡取り。放蕩《ほうとう》を重ねる。
牧田仁右衛門《まきたじんえもん》　淀屋の大番頭。
中山出雲守時春《なかやまいずものかみときはる》　幕府の目付だったが、大坂東町奉行増し役に任ぜられる。
荻原近江守重秀《おぎわらおうみのかみしげひで》　勘定奉行。小判、銀貨の改鋳《かいちゅう》を上申し、五代将軍綱吉《つなよし》の信頼を得る。
土屋相模守政直《つちやさがみのかみまさなお》　老中首座。淀屋に目を付ける。

流言

武商繚乱記（三）

第一章　喧噪と人生

一

秋の大坂《おおさか》は騒然とする。

「邪魔《じゃま》や、どかんかい」

「あほうが、それはうちの荷じゃ、間違えるな」

血相を変えた人足《にんそく》たちが怒鳴《どな》りあい、

「道、開けてくれ」

「しっかり押さんかい」

米俵《こめだわら》を無理矢理積みあげた荷車が、走り回る。

「うわああ」

「しまったあ」

なかには荷車同士でぶつかったり、積み方が悪くて荷崩れを起こし、米俵を地面に落とす者も出る。

「今や」

「さっさと拾え」

落ちた米俵から零《こぼ》れた米を、ざるで拾ってその日の食い扶持《くぶち》にしようと群がってくる男女もいる。

九州福岡《ふくおか》藩黒田《くろだ》家や安芸広島《あきひろしま》藩浅野《あさの》家のように、大坂に大きな蔵屋敷《くらやしき》を構え、専用の船着き場を持っているところはいい。ゆっくりと運び込めば事故も起きにくいし、わざと荷を落として零れ米を懐《ふところ》に入れようとする人足がいても、蔵屋敷の藩士たちが見張っているので悪さができない。かけ声だけで整然とことは進む。

問題は自前での蔵屋敷を持てないか、蔵屋敷はあっても川沿いのような好立地は得られず、船着き場を借りなければならない小大名たちであった。

「小大名同士、手を組んで互いの便宜《べんぎ》を図りましょうぞ」

こうなればいいが、米は早くに大坂へ入った方が高く売れやすい。

「急げ」

「もたもたするな」

小大名の藩士たちが人足の尻を叩く。

結果、船着き場での荷揚げや運搬で競争になり、気の荒い人足たちが喧嘩《けんか》をすることになる。

この喧噪《けんそう》のもっとも激しいところこそ、数多くの小藩の米を取り扱う淀屋《よどや》の浜と呼ばれる船着き場であった。

「増《ま》し役《やく》にも人を出していただきたい」

本役の大坂東町奉行松平玄蕃頭忠固《まつだいらげんばのかみただかた》が、東町奉行増し役の中山出雲守時春《なかやまいずものかみときはる》に頼んできた。

「お役目のことなれば、否やはござらぬ」

手助けとして大坂へ派遣された増し役中山出雲守がうなずいた。

中山出雲守は目付から老中《ろうじゅう》首座土屋《つちや》相模守政直《さがみのかみまさなお》による密命を受けて、大坂東町奉行増し役へと抜擢《ばってき》された。

「金で天下を牛耳《ぎゅうじ》ろうとしている大坂の商人どもに鉄槌《てっつい》を下さねばならぬ」

「武ではなく、金が力を持つ世にしてはならぬ」

土屋相模守は、老中首座に就《つ》くだけあり、金の恐ろしさを知っていた。

「借財の申しこみに、大名が商人の前で頭を下げているという。このままでは御上《おかみ》の権威が揺るぎかねぬ」

武でなった幕府も九十余年という経過を経て、変わりつつある。

すでに戦《いくさ》を知る者はいなくなり、残された大名たちは先祖の功にあぐらを掻《か》くだけで、自らはもちろん家臣を鍛えようとしていない。

戦国のころならば、

「米が食えれば満足」

であったのが、

「魚は江戸湾の獲りたてか、越後《えちご》の塩鮭《しおざけ》がよい」

「いやいや、魚よりも鴨《かも》こそ至極」

おかずに一家言を持つようになり、

「茶を淹《い》れよ」

白湯《さゆ》で文句を言わなかったのが、いつのまにか茶でなくば辛抱できなくなった。

そうなれば金がかかる。

だが、戦がなくなったことで知行《ちぎょう》や禄《ろく》を増やす手段がなくなってしまった。いや、ないわけではないが、幕府で役目について手柄《てがら》を立てるか、将軍の寵愛《ちょうあい》を受けるかだけになった。

収入は増えないが、贅沢《ぜいたく》はしたい。

「秋の年貢をお預かりできれば、お金を融通《ゆうずう》させていただきまする」

そこに商人が付けこんだ。

「そういたそう。今は金がないが、秋には米が入る。それで返せばすむ」

不作になるか豊作になるかを考えもせず、あっさりと武士が商人の罠《わな》にはまった。

武士だけでなく、町人を含めてそのほとんどがあるだけの金を遣《つか》ってしまう。

「足りぬぞ」

「では、来年のお米を……」

こうして際限なく借金は先送りされ、積みあがっていく。

さらに金を借りれば、利が付く。

「借りたのは千両だったはずじゃ」

「利が付きまして、今では一千四百両になっておりまする」

借財を返そうとした武士が気づいたときには、もう遅かった。

利が利を呼び、借財は膨れあがっていき、

「そのようなもの知らぬわ」

商人なんぞ、どうにでもなると、武士が利を踏み倒そうとする。

「いたしかたございませぬ。御上に訴えさせていただきましょう」

商人が開き直る。

幕府は大名や旗本を監督するが、天災でもなければ助けることはしない。借金で首が回りませんなど、認めることはない。

「領地を治める能に欠ける」

「武士としての品格が足りぬ」

かならずではないが、商人から訴えがあると幕府は大名たちを咎《とが》める。最初は江戸城に家老を呼び出して口頭での注意、続いては当主の謹慎、それでも駄目なら隠居、その最後は減封《げんぽう》、転封《てんぽう》と段階を踏む。

もちろん、幕府は武士によって作られ、構成されている。基本として幕府は武士の味方ではあるが、馬鹿をかばって商人たちを敵に回すことは避ける。

もし、商人の言いぶんを却下し続けると、

「では、お貸しいたしませぬ」

そっぽを向かれてしまいかねなかった。

そもそも幕府としては、金の貸し借りなど当人同士で片を付けるものだと考えている。ただ、借りたものは返さなくていいという風潮はまずい。それは斬り盗り強盗と同じ論理になり、天下の乱れを呼ぶ。

幕府も、徳川《とくがわ》家も、もう戦はこりごりであるし、世のなかの安定が崩れれば、新たに天下を狙う者がでてきかねない。これをなによりも怖《おそ》れていた。

「やりすぎじゃ」

江戸という遠いところにいるからこそ、土屋相模守には淀屋の力が大きくなりすぎていると見えた。

とはいえ、理由《わけ》もなく商人の財産を取り上げ、闕所《けっしょ》にすると、武家に金を貸せば潰されるという風評が立ちかねない。

「誰もが納得する罪状が要《い》る。あるいは、世間を一時的に騒がせても引き合うほどのものが手に入れられなければならぬ」

そう思っても、老中首座は多忙を極める。自らが大坂へ出向き、数ヵ月なり、半年なりかけて淀屋を調べるということはできなかった。

「家臣も出せぬ」

老中の役目は多岐にわたる。それをこなすには、気心の知れた有能で信頼の置ける家臣が必須であり、とても淀屋のために人手をつごうすることはできなかった。

「なれど、大坂城代《じょうだい》も大坂町奉行も、信用がおけぬ。すでに淀屋に籠絡《ろうらく》されているやも知れぬ」

人選に悩んだ土屋相模守が出した結論が、謹厳実直、秋霜烈日《しゅうそうれつじつ》で知られた目付《めつけ》であった。

「決して外に漏れてはならぬ」

こうして選ばれたのが、中山出雲守であった。

「なにをしに来た」

大坂の治安は完璧ではないが、日中、強盗が出るほど悪くはなかった。夜間にそういった事件はあるが、日が暮れてから出歩くほうが悪い。

どう考えても増し役は要らない。

そこへ目付から抜擢された増し役として中山出雲守が赴任した。

「老中の紐《ひも》付き」

「あやつは大坂の監察ではないか」

大坂城代、大坂町奉行など江戸から離れている遠国《おんごく》勤務の者が気を尖《とが》らせた。

「毛を吹いて疵《きず》を求めてはならぬ」

老中の座を目の前にしているのが、大坂城代と京都所司代《しょしだい》であった。かつては奏者《そうじゃ》番《ばん》、若年寄《わかどしより》や側用人《そばようにん》から老中へ栄進した者もいたが、幕府が安定してくるといろいろと前例ができてくる。その一つが老中への階梯《かいてい》であった。

譜代《ふだい》大名は家督を継ぐとまずお伽役《とぎやく》という将軍家の話し相手を務める役目に就く。といっても、将軍がお伽役を呼びつけることなど絶えて久しく、完全な飾りとなっている。

慣習に従った大名のなかから、優秀と見られた者が奏者番に選ばれる。

奏者番は、将軍へ目通りをする大名、旗本の経歴や献上物の内訳を奏上する役目で、諸大名の来歴を確実に記憶しなければならず、ここで使えるかどうかが見極められ、できそうだとわかれば、寺社《じしゃ》奉行を兼任、そこから若年寄、さらに将軍側近としての資質を認められて側用人、そして、実際の政《まつりごと》を経験するために遠国を支配する大坂城代あるいは京都所司代として転任し、無難にこなした者が老中へと至る。

いわば大坂城代は、老中になれるかどうかの最終試験であった。

そこへ怪しいのが来た。

「探らなければ」

警戒するのも当たり前であった。

大坂町奉行は老中支配ではあるが、遠国奉行の常としてその地を管轄《かんかつ》する大坂城代の監督を受けた。大坂東町奉行の増し役として赴任した中山出雲守時春も土岐伊予守《ときいよのかみ》頼殷《よりたか》の指示に従わざるを得なかった。

「屋敷で使ってやってくれ」

土岐伊予守が中山出雲守のもとへ、小者と女中を送りこんできた。

「ご配慮かたじけなく」

本心とは裏腹な礼を中山出雲守が口にした。

中山出雲守は老中土屋相模守から密命を受けて、無意味に近い大坂東町奉行の増し役となって赴任していた。それは密命を果たせば、江戸へ呼び戻されるということである。近いうちに江戸へ帰るとわかっていて、多くの家臣や小者、女中を連れてくる意味はない。また、千石内外の旗本が任じられる目付から転じたばかり、加増が遅れていて人が足りていなかった。

土岐伊予守はそこに付けこんだのであった。

「不要な増し役を大坂へ寄越《よこ》す意味は……」

増し役とは本役一人では手が足りないとか、一時的に他役の仕事も請け負わなければならないなど、特段の事情があるときに任じられる。

「大坂に不穏はない。西国《さいごく》にも怪しい気配は見られぬ」

土岐伊予守が中山出雲守の赴任に疑問を感じるのは当然であった。

「となると、余《よ》を見定めに来たか」

大坂城代は老中への階《きざはし》である。天下の堅城大坂城を預かり、島津《しまづ》、毛利《もうり》などの西国大名ににらみを利かす。万一のときは幕府の指示を待つことなく近隣の大名たちに動員をかけることが許される。まさに西国探題として幕府で重きをなす。この難職を務めてこそ老中への道が開く。

「放置はできぬな」

土岐伊予守は中山出雲守を疑った。

「男が油断するのは女と閨《ねや》にいるとき」

見張っていたくらいで、隠密《おんみつ》役だとばれるようでは、目付という人の裏側を見つけて、明らかにする仕事などできない。

中山出雲守の隙《すき》を狙うため、土岐伊予守が女中たちの手配をした。

「お身の回りのお世話をさせていただきまする。初穂《はつほ》と申しまする」

「志津《しづ》でございまする」

「うむ。頼むぞ」

見目麗《みめうるわ》しい二人の女中の名乗りに、中山出雲守がうなずいた。

「そなたたちは、通いになるのかの」

「いえ、それではお世話が届きませぬ。なにとぞ、お屋敷にお部屋をいただきますよう」

中山出雲守の問いに、志津が願った。

「さようか」

道理と言えば道理になる。

「ならば、左内《さない》」

部屋の隅で控えている家臣に中山出雲守が顔を向けた。

「表から離れた部屋を与えてやってくれるように」

「はっ」

左内と呼ばれた家臣が首肯《しゅこう》した。

「あまり離れては、お召しに差し支えまする」

志津が抗議した。

「出過ぎたことを申すな。殿のお決めになったことである」

険しい声で左内が叱咤《しった》した。

「ご無礼を」

「お許しくださいませ」

女中二人が頭を下げて謝罪の意を示した。

「下がれ」

話はすんだと中山出雲守が手を振った。

「女を使うとは、伊予守どのも姑息《こそく》なまねをする」

中山出雲守があきれた顔をした。

見目麗しい若い女を身の回りの世話役として寄越したのが、己を骨抜きにするためだと中山出雲守はわかっていた。

「甘く見られたものだ」

目付を勤めた者が、どのような形のものであろうとも賄《まいない》を受け取ることはない。それくらいわかっていて、他の手法を執《と》るくらいでなければ、とても天下の執政は務まらなかった。

「夜這《よば》いくらいはしてきそうだの。面倒な」

いろいろとしなければならないだけに、中山出雲守は忙しい。増し役としての役目はないが、さすがに昼間から堂々と大坂町奉行所を留守にするわけにもいかず、組屋敷に戻ってからも、山中小鹿《やまなかころく》の集めてきた淀屋の情報を精査している。それこそ寝る暇も惜しんでの作業であった。

「役所へ出ている間の留守も心配せねばならぬ」

一々出かけるたびに、すべての書付を持っていくわけにはいかなかった。資料のほとんどを書院に残していくことになる。

大坂町奉行の出務はおおむね朝の五つ（午前八時ごろ）から夕刻七つ（午後四時ごろ）である。本役ではなく増し役であるため、毎朝大坂城へあがって大坂城代と政務の話や治安維持のことを話し合わずともよい。もちろん、その場に参加する権利はあるのだが、出しゃばって嫌われても意味はない。中山出雲守は求められたとき以外は松平玄蕃頭に同行しないことにしていた。

「戻りましてございまする」

左内が女中たちの案内から戻ってきた。

「大儀《たいぎ》であった」

「なかなかしたたかでございまする」

ねぎらった中山出雲守に左内が苦笑した。

「口説《くど》かれでもしたか」

中山出雲守が笑いを浮かべた。

「長屋はどこだとか、掃除に行きましょうとか」

左内が大きく嘆息《たんそく》した。

「よかったではないか。手を出してもかまわぬぞ」

「ご冗談を。毒を含んでいるとわかっているものを喰らう趣味はございませぬ」

からかう中山出雲守に左内が嫌そうな顔をした。

「狙うだろうな」

「まちがいなく」

書院のなかを見回した中山出雲守に左内が同意した。

「わたくしが残りましょう」

「それはできぬ。そなたがいてくれねば、余が困る」

左内の申し出を中山出雲守が却下した。

いかに有能な役人でも、一人でできることには限界がある。まともに役目をこなすためには、十全な準備、確実な補佐、ていねいな後始末ができる配下が必須であった。

目付だったときには、御家人《ごけにん》から選ばれる優秀な徒目付《かちめつけ》がいてくれたが、大坂町奉行それも増し役となれば、幕府役人の支えは望めない。

たしかに中山出雲守にも数人の与力、同心が付属しているが、どれも東町奉行所で持て余された者ばかりで、まさに掃《は》きだめであった。

「相模守さまから、江戸へ戻れとのお指図があったのだ。とても女どもの相手をしている暇などないというに……」

大坂で淀屋のことを調べろと命じられていた中山出雲守に、勘定奉行への内示が老中土屋相模守からあった。

まだ公式なものとして大坂城代へは降りてきていないが、近いうちに帰府しなければならないのだ。そのための後始末、そして少しでも土屋相模守の意に添うような報告ができるよう調査はぎりぎりまで進めておかなければならない。

「山中をお使いになれば」

左内が小鹿の名前を出した。

「たしかに、まだその辺の小役人よりましだがな。あやつに裏のことはできぬ。馬鹿正直すぎる」

「密通妻の一件でございますか」

首を横に振る中山出雲守に左内が応じた。

「妻に密通されて怒るのはよい。当たり前の感情だからな。だが、それを世間に見せてはならぬ。あそこで和田山《わだやま》とか申す筆頭与力《ひっとうよりき》とだけ遣り取りをして、腹いせの代わりに利をとれるようでなければ、役人として不適格である。余の役目を支えるには、とても足りぬわ」

中山出雲守が残念だと語った。

「では、ここの見張りに使われては」

「ふむ」

左内の提案を中山出雲守が思案した。

「女には懲《こ》りておる……さらに融通が利《き》かぬ」

少し考えた中山出雲守が手を打った。

「それはよい考えじゃ。だがそうすれば外で働くものがおらなくなる」

中山出雲守が左内の案を褒《ほ》めながらも、承知しなかった。

大坂東町奉行所の同心《どうしん》山中小鹿は、元妻の不義を公にしたことで、その父親である筆頭与力和田山内記介《ないきのすけ》の怒りを買い、増し役中山出雲守付《づき》へと左遷《させん》されてしまった。

「ふうう」

もともと大坂東町奉行所の役人に出世の目はない。罪人を扱うことで不浄職だと忌《き》避《ひ》される町方《まちかた》役人は、どれほど手柄を立てようともその身分から離れることはできなかった。

ただ、内部での立身はできた。

与力でも筆頭になれば、与えられる石高が増える。また、犯罪人の取り調べと裁決をおこなう吟味方《ぎんみかた》や東町奉行所の経理と人事を担当する年番方《ねんばんかた》も手当が厚くなる。どちらもその職にある間だけの加増で世襲はできないが、収入が多くなる。

同心だと禄は変わらないが扶持が二人扶持から三人扶持などになる。なにより役割によって商人からの付け届けが増減した。

筆頭与力の娘婿《むすめむこ》となったことで、同心の出世役で余得の多い交易品を監督する唐物《からもの》方《かた》へと異動した小鹿は、年間に数十両という金を手に入れられるようになった。年収が三十両くらいの同心の収入が倍になるのだ。

だが、それも妻の密通を知った怒りで、和田山の恥を天下にさらしてしまい、幕府にかかわる建物の状況を調査するだけで余得なぞほとんどない普請方《ふしんかた》へと転じられてしまった。

そのうえ、本役から増し役への出向である。

出向は増し役がなくなったからといって、もとに戻ることはなかった。なにせ、少人数で大坂という面倒な土地を扱うのだ。人を減らすことはできなかった。そう、出向した連中の補充はすみやかにおこなわれる。つまりは出向を解かれた者が帰りたいときに、もう前の席はないのだ。

中山出雲守が江戸へ召還されたとき、小鹿たち出向者は町奉行所役人の地位を失い、浪人になる。

これがわかっていてやる気になるわけはなかった。

「廻《まわ》り方《かた》同心にしてやる」

中山出雲守は投げ銭のように与えられたやる気のない配下たちのなかで、まだ若く不器用なほどまじめな気性の小鹿に目を付けた。

江戸町奉行所でもそうだが、特定の地域を縄張りとして巡回し、その治安と行政を見張る廻り方同心は、町方役人の憧れである。

増し役なので縄張りなどはないが、それでも廻り方は名誉になる。扶持も一人扶持とはいえ、増やしてもらえる。

「かたじけなく」

すねて拒むこともなく、小鹿は廻り方同心役を拝命した。

といったところで、担当する縄張りはない。

「勝手なまねをするな」

それどころか、下手に巡回でもしようものならば、そこを縄張りにしている東西大坂町奉行所の与力、同心が噛《か》みついてくる。

「お奉行のお指図でござる」

そう名分を口にしたところで、本役より増し役は格下扱いになる。

「増し役に投げられたくせにえらそうな」

「いずれ町方からも捨てられるということをわかっているか」

逆に押さえつけられてしまう。

「…………」

幕府同心ではなくなり、浪人となってしまえば、立場はなくなる。

「不逞《ふてい》浪人め」

かつての同僚に縄打たれても文句は言えなくなる。

だからといって、町奉行所に居続けることもできなかった。なにせ、増し役のための町奉行所はないのだ。小鹿を始め、中山出雲守のもとへ出向させられた与力、同心たちはかつての与力部屋、同心部屋に入ることもできず、町奉行所の空き座敷を居場所としていた。

たった一間ではあるが、そこにいる限りは、もとの同僚たちと顔を合わせずともすむ。

だが、そこでも小鹿は浮いていた。

「和田山さまのご機嫌次第では、東町奉行所への復帰もある」

出向させるときにごねられては困ると考えた和田山内記介が、適当に口にした復帰という言葉に皆すがっている。

そのなかで小鹿だけは、復帰はないとわかっている。なにせ、和田山内記介の怒りは収まっていなかった。

「一緒にいては、そなたと仲がよいと思われる」

「ここは我らのための場である。出入りは遠慮せい」

同じ出向組からも、小鹿は手ひどい扱いを受けていた。

「見廻りに出かけてくる」

とはいえ朝と夕方は顔を出さなければならない。一応、小鹿は同心で与力の支配を受ける。

「ふてくされておるのか、出てこぬ」

「お役目をないがしろにしておる」

居場所ではないからと詰め所の座敷に出勤しなくなれば、やる気がないと取られる。それですめばいい。

「出向させられたことを恨みに思っている」

悪意のある風評が立つ。

そうなれば、小鹿は終わる。

というのは、出向させられて居場所のなくなった与力、同心にも救済の道は用意されていた。

残念ながら、もとの町方役人に戻ることはできないし、大坂から離れなければならないが、遠国奉行配下の与力、同心への転属という救いがあった。

もちろん、町方役人が享受していた余得などは一切なく、本禄だけの生活にはなるが、それでも浪人をさせられるよりは、はるかにましであった。

問題は、その転属への推薦状を書くのが筆頭与力である和田山内記介であった。

「大坂から離れたくはないが……すがるところは出雲守さまだけか」

先日、小鹿は中山出雲守から、下役として江戸へ移るようにとの声かけを受けていた。

「捨てられぬようにせねばならぬ。北浜《きたはま》へ行くか」

小鹿は中山出雲守から淀屋のことを調べるようにとの密命を受けている。他にやることもなく、言われるがままに淀屋の屋敷、蔵のある北浜へと小鹿は足を向け、そこで日雇いの荷揚げ人足の話から、淀屋の企みに気づいた。

「よくしてのけた」

報告を受けた中山出雲守から賞賛を受けて、さらなる精進を奨励されたが、小鹿はあまり江戸行きは乗り気ではなかった。

「褒められても、なにもない」

満足そうにしていた中山出雲守だったが、小判の一枚もくれたわけではなく、どうしてやるという将来の保証の話はない。漠然と連《つ》いてこいではやる気にならなかった。

「使い捨てだな」

小鹿は醒《さ》めていた。さらにあきらめてもいた。

「…………」

いつものように北浜へ足を運んだ小鹿の目に映ったのは、変わらず人がせわしなく働く風景であった。

「何十人、いや百人以上の荷揚げ人足がここに集まる」

船着き場に着いた荷船には米俵が限界まで積みこまれている。米を運ぶ弁財船《べざいせん》は大坂湾から先へは底がつっかえるため入ることはできず、そこから小舟に積み替えて、この北浜まで運ばれてくる。

弁財船の積載は最大で五百石、平均は二百五十石ほどであるが、小舟に換算するととてつもない数になる。それが秋になれば、西国、九州、四国から大坂湾を埋め尽くすほどの弁財船が集まってくる。

それを手早く捌《さば》かないと、大風でも来て船が沈めば大損になるし、米に海水がかぶっただけでも値段が下がる。

「今日中にかたづけるぞ」

「おう」

「へえ」

浜の上で荷揚げの指揮を執る親方の気合いに、人足たちが唱和した。

「天下の米がここにあるか」

遠目に喧噪を見つめていた小鹿が嘆息した。

「もしや、山中さまではござらぬかの」

賑《にぎ》わしい様子に目を奪われていた小鹿の背中に声がかかった。

「……おおっ。大石《おおいし》どの」

振り向いた小鹿が大きな身体でにこやかな笑みを浮かべる大石内蔵助良雄《くらのすけよしたか》に気づいた。

「やはり山中さまでござったか。ご無沙汰をいたしております る」

「こちらこそ、いつぞやは結構なものをちょうだいいたしました」

頭を下げる大石内蔵助に、小鹿が礼を述べた。

つきあいができたばかりの小鹿に、大石内蔵助は国元から大きな鯛の干物を送ってくれていた。

「地元のものでございまして。かえってご無礼になったのではないかと恐縮いたしております」

「とんでもない。さすがは塩で天下に知られる赤穂《あこう》。なんともいえぬ塩梅《あんばい》で、とてもおいしくいただきました」

謙遜《けんそん》する大石内蔵助に、小鹿が重ねて礼を言った。

「そう言ってくださり、安堵《あんど》いたしました」

大石内蔵助がほっとした顔を見せた。

「また大坂へお見えでございますか」

「……はい」

苦そうに頰《ほお》をゆがめながら、大石内蔵助が認めた。

二

大石内蔵助の様子が気になった小鹿は、少し離れた茶店へと向かうことにした。

「よろしければ」

「喜んでお供いたしまする」

小鹿の誘いを大石内蔵助がすんなりと受け入れた。

「親爺《おやじ》、茶と餅《もち》を二つずつ、焼いて味噌を付けてくれ」

「これはお町《まち》の旦那。どうぞ、奥の葭簀《よしず》掛《が》けの陰へ」

黒の巻き羽織を身につけていることで小鹿が町奉行所の同心だとわかった茶屋の親爺が、他人目《ひとめ》に付きにくいところを勧めてくれた。

「そうさせてもらう」

小鹿が好意を受けた。

淀川の川沿いに生えている葭は、一応幕府のものとされている。年に数度、幕府の許可を受けた職人が、葭を刈り取りすだれなどに加工して売りに出す。といったところで、広大な流域をすべて見張れるわけもなく、こういった茶店や屋台が己の店の日除けを作るくらいなら、無断で伐採《ばっさい》しても見逃してもらえた。

「目が粗い」

「丸見えでござるな」

他人目を避けるはずの葭簀が、隙間《すきま》だらけでその役目を果たしていなかった。

「まあ、ないよりましでござる」

「いかにも」

二人が苦笑した。

「まずはお茶を。餅は焼け次第お持ちしやす」

親爺が茶とは名ばかりの色の付いた白湯を置いていった。

「お変わりもなく」

「わたくしめは田舎者《いなかもの》。町も人も十年一日のごとくで変わりようもございませぬ」

世間話から入った小鹿に大石内蔵助が応じた。

「山中さまは変わられた……」

ふと大石内蔵助が真顔になった。

「ご存じか」

「堺屋《さかいや》から書状が参りますので」

情けなさそうに眉をさげた小鹿に、大石内蔵助が言いわけのように答えた。

「放り出されまして、今は増し役東町奉行所付をいたしておりまする」

「増し役」

大石内蔵助がため息を吐《つ》いた。

「世間にはものの見えぬ者が多うございますなあ」

「かたじけない」

慰めに小鹿が軽く一礼した。

「まあ、悪いことばかりではございませぬ。あこがれていた廻り方に配属されましたからの」

小鹿がおどけるように言った。

「それはおめでとうございまする」

韜晦《とうかい》だとわかっていて、大石内蔵助が小鹿の話に乗っかった。

「へい、お待ち」

そこへ茶屋の親爺が焼き餅を持って割りこんできた。

「熱うございますから、お気を付けて」

二人の前に皿を置いて、親爺が引いた。

「おう、これはうまそうだ」

「いい香りでござるな。空《す》きっ腹《ぱら》に響く」

小鹿と大石内蔵助が歓声をあげた。

「冷めぬうちにいただきましょうぞ」

「はい。早速に」

二人は揃《そろ》って餅にかぶりついた。

「……うまい」

「これは味噌を酒で溶いている……」

葭簀掛けの茶屋で出たとは思えない味に、二人の頬が緩んだ。

「……うまかった」

「まさに、まさに」

あっという間に二人とも餅を完食していた。

「ふうう」

冷えた茶を口にして、二人の雰囲気が変わった。

「大石どのは、大坂へなにをなさいに」

「借財の申しこみでございますよ」

小鹿の問いに大石内蔵助が茶碗を床机《しょうぎ》に置いて、淡々と告げた。

「失礼ながら、浅野どのはすでに……」

「移封と築城の際の借財がまだ残ってというより、ほとんど減っておりませぬ。いえ、塩が売れ出したおかげで、多少は減りましたか」

露骨に言うのはまずいと語尾を濁した小鹿に、大石内蔵助がはっきりと述べた。

「なんのための借財かとあきれておられましょうなあ」

大石内蔵助がなんとも言えない表情を浮かべた。

「お伺いしても……」

「かまいませぬ。どうせ、知れることでございましょうから」

聞いても大丈夫な話なのかと気遣う小鹿に、大石内蔵助が手を振った。

「賄《まいない》でございますよ」

「……賄」

「………」

大石内蔵助の口から出た言葉に、小鹿が驚いた。

「穏やかではないお話でございますぞ」

誰も守っていないが、賄賂《わいろ》を贈ることは御法度《ごはっと》である。小鹿が大丈夫なのかと気にした。

「大事ございませぬ。贈る先は御老中さまでございますから」

「御老中……」

出てきた役職に小鹿が息を呑《の》んだ。

「親爺、酒はあるか。水増しする前の酒が」

大石内蔵助が茶屋の親爺に問うた。

「一合五十文になりやすが」

茶屋の親爺が値段を言った。

「それは高い」

小鹿が目を剝《む》いた。

酒は日雇いの者にとって、まさに一日の疲れと憂《う》さを晴らすための薬である。とはいえ、稼いだ金のすべてを酒に回すわけにはいかない。飯も食わなければならないし、屋根のある部屋にも住みたい。

日雇いの人足が住むような場所である。それこそ長屋ともいえないほどみすぼらしい。雨風も完全に防げるとはかぎらないし、下手をすれば戸障子さえなかった。なにせ壊せるものは、全部冬の薪代わりにたたき割って燃やすような連中ばかり住んでいるからである。

それだけに家賃は安い。安いどころか払っていない者もいた。

それでも宵越《よいご》しの銭はもたないでは不安になる。

日雇いの人足も早い者勝ちで、あぶれる日もある。雨風が続いて、仕事がないときもある。なにより病に倒れることもあるのだ。

一日ぎりぎりで生きている日雇いが、病にかかるのはすなわち死であった。一日、二日寝ていればどうにかなる風寒《ふうかん》くらいならまだ望みもあるが、労咳《ろうがい》などにかかればもう手の施しようがなかった。

「家が汚れるだろう」

まともに家賃も払っていないとなれば、大家も冷たい。

大家は親のようなものだとされているが、家賃を払わない相手には気遣いも遠慮もない。それこそ冬の最中に夜具《やぐ》を剝《は》ぎ取って、外へ放り出すくらいのことはしてのけた。

一日、重い米俵を担《かつ》いで、ようやく得られるのが二百文から三百文。そこから酒一合に五十文はとても出せない。それをわかっているから煮売り屋の屋台や茶屋は、酒に水を足してかさ増しし、一合を二十文あたりで売っている。当然、倍ほどに薄くなった酒で、心地よく酔えるはずはなく、なんとなくふわっとしたかなという感じしかしない。

「かまわぬ。酔えぬ酒など酒ではないでの」

大石内蔵助がうなずいた。

「ああ、ご懸念《けねん》なく。ここの支払いは、僭越《せんえつ》ながらわたくしが」

「お誘いしたのは拙者でござる」

二人の間でどちらが払うかの引き合いが始まった。

「旅先で憂さを晴らそうとしたまでのこと。お気になさらず」

最後は年長で世慣れた大石内蔵助が押し切った。

「素面《しらふ》で話せる気もいたしませぬし」

大石内蔵助がため息を吐いた。

「お伺いいたしても本当によろしいのでござるか」

他聞をはばかるのではないかと小鹿が気にした。

「江戸では話せませぬな。もちろん、国元でももめましょう」

「大坂では大丈夫だと」

笑いながら言う大石内蔵助に、小鹿が尋ねた。

「大坂は御上の威光が、天下でもっとも届きにくいところでございましょう」

「御家人相手に、よく言われる」

堂々としている大石内蔵助に、小鹿があきれた。

「さて、まずは口を湿らせてから……」

大石内蔵助が片口から茶碗に酒を注《つ》いだ。

「再会に」

「ご健勝振りに」

茶碗を掲げた大石内蔵助に小鹿が合わせた。

「……これはよい」

飲み干した大石内蔵助が酒を褒めた。

「たしかに」

小鹿も同意した。

「当家にお役が回って参りそうなのでございまする」

いきなり大石内蔵助が本題に入った。

「お役とはおめでたいことではございませぬか」

小鹿が首をかしげた。

幕府の大名たちは、少しでも石高を増やすため、格式を上げるため、良地への転封を願うため、役目へ就くことを求めていた。

「奏者番だとか、寺社奉行だとか、続けていけるお役目ならば大歓迎なのでございますが、ご存じの通り当家は外様《とざま》」

大石内蔵助が首を横に振った。

基本として、幕府は譜代大名しか信用していなかった。多少の例外はあるとはいえ、幕府の役職は譜代大名でなければ任じられない。

「では何役を」

町奉行所の同心では、大名役のことなどほとんどわかってはいなかった。

小鹿が素直に問うた。

「聞こえて参ったのは勅使接待《ちょくしせったい》でござる」

「……勅使接待。朝廷からの御使者を迎えるお役目でございますか」

「さようでござる」

もう一杯酒を注いだ大石内蔵助が首肯した。

「御名誉ではございませぬか」

「たしかに名誉ではございますが、金がかかりまする」

大石内蔵助が眉間《みけん》にしわを寄せた。

「金でございますか……」

今の武家に金の余裕はないと小鹿もわかっている。

「……はい。さすがに京から江戸までお供《とも》するわけではございませぬので、その費用《ついえ》は要りませぬが、江戸に勅使さまがご滞在中はずっとお世話をせねばなりませぬ。その費用が馬鹿になりませぬ」

二杯目も一気に呷《あお》った大石内蔵助が息を吐いた。

「勅使ご接待がなぜ浅野どのに。他にもお大名方はたくさんおられましょうに」

小鹿が疑問を呈した。

「勅使ご接待は主に外様でおおむね二万石から五万石の大名が任じられることが多いお役目でございましてな。当家は一度天和《てんな》三年（一六八三）にこのお役を果たしておりまする」

「一度なさっておられる……」

「それが二十年経《た》たずに、再度でござる。生涯にわたって接待饗応役《きょうおう》をすることのない大名のほうが多いというに」

大石内蔵助が不満を見せた。

「それだけ前回のお役目がお見事であったのでは」

いいように小鹿はとった。

「違いまする。親爺、代わりを頼む」

三杯目を注ごうとした大石内蔵助が、片口にもう酒が残っていないことに気付き、追加を求めた。

「咎《とが》めなのでござる」

「……咎めとは」

苦い顔の大石内蔵助に小鹿が訊いた。

「先々代さまが、まだ赤穂ではなく常陸笠間《ひたちかさま》藩主であられたころ、御上に無断で笠間の城を拡張なさった」

「無断でっ」

内容に小鹿が絶句した。

幕府は諸大名、なかでも外様大名に対する統制を幕初から強固におこなっていた。

武家諸法度《ぶけしょはっと》と名付けられたそれは、二代将軍秀忠《ひでただ》、三代将軍家光《いえみつ》、四代将軍家綱《いえつな》、五代将軍綱吉《つなよし》と代が変わるごとに少しずつ変化しながら出されている。

そのなかに無断での婚姻を認めず、重臣から取った人質の安全などと並んで、城郭の新造の厳禁、無届けでの修理の禁止があった。

「徳川家への謀反《むほん》をなし、籠城をするつもりで城を修理したな」

大雨による洪水で石垣が崩れたのをとりあえず応急処置しただけで、安芸広島藩福《ふく》島左衛門尉正則《しまさえもんのじょうまさのり》は改易《かいえき》となっている。

それを知りながら、無届けでの居城修繕をする。

幕府に喧嘩を売ったも同然の行為であった。

「よく……」

「潰されなかったものでございますな」

言いにくくてごまかした小鹿の言葉を、大石内蔵助が引き受けた。

「なんとも」

小鹿が直截《ちょくせつ》な大石内蔵助に苦笑を浮かべた。

「浅野家は外様ながら、早くから徳川家へ与《くみ》した格別な家柄でございますから」

大石内蔵助が小鹿同様苦笑を浮かべた。

赤穂浅野家の本家になる安芸広島の浅野家は、豊臣秀吉《とよとみひでよし》の正室ねねの妹ややの夫であった長政《ながまさ》を祖とする。浅野家は代々信長《のぶなが》の実家である織田《おだ》家の弓衆《ゆみしゅう》を務めてきた。長政はそこへ婿養子として入り、豊臣秀吉と妻が姉妹という近しい一門となった。やがて豊臣秀吉が出世していくに連れて浅野家も累進、二十一万五千石で甲州《こうしゅう》を領するまでにいたった。まさに豊臣秀吉の引きであった。

しかし、秀吉が死ぬと浅野長政は家康《いえやす》に接近、豊臣家に忠節を尽くす石田三成《いしだみつなり》を貶《おとし》めるような動きを見せ、関ヶ原《せきがはら》の合戦では長男幸長《よしなが》は徳川に従軍、長政は江戸城の留守居《るすい》をまかされるほど信頼されるようになっていた。

そして関ヶ原の合戦後、浅野家は紀州から安芸の広島と移封を受けつつ加増され、四十二万石という大大名として続いていた。

「とはいえ、なにもなしというわけにもいきませず、加封なしで赤穂へ転じられたのでございまする」

大石内蔵助が杯を置いた。

「ちなみに浅野家移封後、笠間の城は一度御上によって破却されておりまする」

「見せしめでございますか」

「はい」

小鹿の推測を大石内蔵助が認めた。

「となりまするとく、勅使接待のことも」

「名誉に見せかけた罰かと」

大石内蔵助が答えた。

三

「ひとつお伺いをしても」

「なんなりと」

小鹿の求めに大石内蔵助が首肯した。

「それほど勅使接待というのは、面倒なのでございまするか」

同心にそのあたりの知識はない。さすがに勅使が天皇の使者であり、かなり偉いというのはわかっていても、その接待までは知らなかった。

「面倒でございますな。山中さまは勅使に選ばれる公家《くげ》が、貧しいということはご存じでございましょうや」

「それくらいならば」

　大石内蔵助の確認に小鹿がうなずいた。

　公家は天皇家に仕える家臣たちのことである。武家が台頭するまで、公家は支配者であり、かなりの領地や利権を独占していた。

　だが、それも武家が天下を取ると、その財のほとんどを奪われて経済的に零落《れいらく》した。

「禄が少なく、拙者《せっしゃ》の一千五百石を超えるお方はほとんどおられませぬ」

　小さく大石内蔵助が首を横に振った。

　公家最高の地位を誇る五摂家《ごせっけ》と呼ばれる近衛《このえ》、一条、二条、九条、鷹司《たかつかさ》でも三千石いくかいかないかという禄しかない。それ以下となると数百石ていどしかなく、とても贅沢をするだけの余裕はなかった。

「そういった方々にとって、勅使接待は好機なので」

　一層大石内蔵助が苦笑を深めた。

「贅沢を求められる……」

「それくらいならば、まだかまいませぬ。接待の場所は江戸の伝奏《てんそう》屋敷と決められておりますゆえ、まさかに女を連れこむことはできませぬし、せいぜい酒食に山海の珍味を用意するくらいですからな。勅使一人でどれだけ飲み食いしたところで、一夜で十両も費やせませぬ。それに公家衆は神であらせられる主上《しゅじょう》さまの眷属《けんぞく》、獣肉をお口にされませぬから、魚と鴨、雉《きじ》あたりですみまする」

「なるほど」

山海の珍味と言ったところで、制限があるならば知れている。

「酒もお一人ではどれほども召しあがれませぬ。翌日には江戸城へ登城して勅使としてのお勤めを果たさねばならぬのに酩酊《めいてい》はできませぬ」

「たしかに。では、他になにに金が」

「お土産でございまする。接待役がお帰りになるお公家さまへお渡しする。それを前もって作り、屋敷へ持ちこむことになっておりまして、白絹だけでなく、塗りのお道具、茶器などのお道具」

「それが高くつくと」

一流と呼ばれる道具はあつらえるだけでも数ヵ月かかるし、職人の手間賃も高い。

「店売りのものを使うというわけには……」

「どこでも手に入るものを手配したとわかれば、勅使さまの不興を買いかねませぬ」

小鹿の提案を大石内蔵助が否定した。

「なにより……」

そこまで言った大石内蔵助が、杯に残っていた酒を呷った。

「指南役どのへの礼金が嵩《かさ》みまして」

「……指南役」

なんのことかわからなかった小鹿が首をかしげた。

「高家《こうけ》というのをご存じではござらぬか」

「知りませぬ」

戦場で言えば同心は足軽《あしがる》である。その足軽が将の一人一人の名前と役目を知っているはずはなかった。

「礼儀と礼法を司《つかさど》るお家柄のお旗本でございまする」

「はあ。ですが、浅野どのは一度接待をしておられるならば、もう一度指南を受けずともよろしいのでは」

わかっていることを習うことはないだろうと小鹿が問うた。

「それがそうもいかぬのでございまする。江戸城でおこなわれる勅使を迎えての式典の進行次第は、高家さまを通じてなされるのが決まり」

「ああ」

指南を受けていないとその連絡が届かないか、遅れるのだと小鹿は理解した。

「そして指南役さまには礼金を支払わねばなりませぬ」

「挨拶金《あいさつきん》と礼金……」

このあたりは商人が役人を操っている大坂で町奉行所の役人をしている小鹿には慣れた話であった。

何かを頼むときには、まず挨拶をして金を渡して機嫌を取る。そしてことが終わったときには、お礼をする。つまり、二度金を払わなければならないのだ。

「大判一枚とはいきませぬか」

「あいにく」

小鹿の出した金額に、大石内蔵助が深々と嘆息した。

かつて武家の挨拶は、大判一枚が当たり前であった。大判は徳川家康が関ヶ原の合戦で勝利を収め、実質的な天下人となった翌年の慶長六年（一六〇一）に鋳造が始まったもので、小判十枚の価値があった。重さも小判十枚分に等しい四十四匁《もんめ》（約百六十五グラム）という大型を誇った。

もともと褒賞や礼金として使われるために鋳造されたこともあり、武家の間での遣り取りは慶長大判一枚というのが通例となっていた。

「あの大判が出てしまいました」

大石内蔵助が空になった杯を見つめた。

「元禄《げんろく》大判……」

先日の淀屋が慶長小判を集めていたことを小鹿は思い出した。

幕府の金蔵の窮迫《きゅうはく》を救うため、五代将軍綱吉は小判、大判の吹き直しを命じた。小判や大判を小型にし、さらに金の含まれている量を減らしたのである。

一両を一両二分に増やす。二両が三両になる。まさに金を生み出す手法であったが、それが天下を混乱に落とした。

価値の違うものを同じ金額で扱え。とても世間に通用する話ではない。

「慶長小判、大判を提出せよ。元禄小判と交換する」

さらに幕府は、天下に散っていた良貨を取りあげようとした。

「馬鹿なことを」

すんなり己の財産の目減りを受け入れるわけもなく、

「元禄小判だと、一両と二分もらわないとねえ」

通貨として元禄小判は認められない状況を生んだ。

そして、それは大判にも及んでいた。

小鹿のような微禄の武士や民にとって大判なんぞ、生涯お目にかかることはないし、もらっても困る。

「これで頼む」

買いものに大判をだしたら、

「おつりがございません」

「両替の手間賃をいただきますよ」

商家から断られる。

それほど世間にとって大判は面倒であった。

使いにくい。これほどものの値打ちを下げることはない。大判は儀礼で使われるとき以外は、七両二分として扱われた。じつに二両二分も減額されたのだ。

それでも慶長大判はよかった。金が豊富に使われており、十二分に価値があった。

だが、その金の量を減らした粗悪な元禄大判が幕府によって発行された。

「慶長大判の流通を許さぬ」

さらに幕府は慶長大判を取りあげて、粗悪な元禄大判に無理矢理替えようとしてきた。

「これはご挨拶でございまする」

浅野家から吉良《きら》家へ慶長大判を出すことができなくなった。なにせ吉良は幕府の高家である。

「これはなんだ。御上のお触れをなんだと心得おるか」

慶長大判を出せば怒りを買う可能性がある。

「赤穂の浅野家が慶長大判を持参仕《つかまつ》りましてございまする」

それどころか浅野家を訴えることもあり得た。

「なるほど」

大判一枚ですんでいた挨拶が、無理になったというのを小鹿は理解した。

「小判で十枚にすれば……」

「元禄小判ででございますかな」

小鹿の案に大石内蔵助が皮肉な笑いを浮かべた。

「……十四両」

相場を小鹿が口にした。

「挨拶に四ではどうかと」

「では十五両」

「中途半端だと取られかねませぬ」

大石内蔵助が首を左右に振った。

元禄の改鋳がある前に比べて倍になる。首肯した大石内蔵助に小鹿が息を呑んだ。

「倍……」

「はい」

「二十両だと」

「まあ、二十両くらいならば、いくら当家が借金に困っているとしたところで払えまする」

大石内蔵助が片口をじっと見つめた。

「親爺、代わりを所望する」

空になった片口から目を離した大石内蔵助が手を叩いた。

「へい。ありがとうさんで」

儲《もう》けが多くなることに親爺が頬を緩めた。

「挨拶金が倍でございますぞ、ことが終わった後の礼金も倍」

「礼金はいかほど」

「かつては三十両ほどでございましたな」

「三十両の倍ということは六十両。それはきつい」

小鹿が驚いた。

「それに挨拶も礼金も金だけを持っていけばよいというものではございませぬし」

大石内蔵助が息を吐いた。

武士は土地を最上とし、金銭を卑《いや》しいものとして厭《いと》う。挨拶金や礼金を当然受け取るが、それだけだと相手の気分を害することになる。

「拙者を金で動くと見下すか」

しかも相手は矜持《きようじ》が仕事のような高家である。

「無礼なり」

高家が形だけでも怒った振りをする。そうなれば、今度は詫《わ》び金《きん》が要る。

「金はあくまでも従。主となるのは白絹か、刀、名馬、名産があるならばその品」

「白絹はわかりまするが」

小鹿が首を縦に振った。

白絹はそのまま絹糸を反物《たんもの》にしたもので、手軽な贈答品として重宝されていた。関西では丹波《たんば》産あるいは山城《やましろ》産の白絹が最高とされているが、それでも普通の産地のものとさほどの差はなく、持参した数で費用が大体読める。

もちろん、もらったほうはそのまま衣服にするのではなく、売りに出して金にする。白絹を買う専門の商人もいるほど、通用している。

「白絹はまだよろしいのですがね。おおむね五反で形は整う」

反物ばかりもらっても場所を取るし、買値と売値の間に商人の儲けが入りこむため、差額がかなり生じてしまう。

五両で買った反物が、売れば二両にしかならない。これでは賄賂の効果が薄くなってしまう。結果、白絹は表向きの贈りものであり、数を増やす意味はなかった。

「白絹五反を二度、挨拶とお礼で八十両ほど。これで終わるならば、よろしいのですが……」

あらたに出された片口を大石内蔵助は小鹿の杯に向けた。

「かたじけない」

小鹿が酒を受けた。

「馬も刀も赤穂では手に入りませぬ」

贈りものにする馬は、軍馬になる。鎧兜《よろいかぶと》を身につけた武士を乗せ、戦場でおびえることなく走り回れるとなると、格別な飼育をおこなわなければならない。赤穂にその技術はなかった。また、刀も数打ちなど論外、無銘でも一目でわかる名刀でなければ無礼になった。

「かといって当家の特産物は塩。塩を贈るというのはよろしくござらん」

縁起が悪いときに撒《ま》く、清めるときに使うなど塩は必需品ではあったが、縁起のよい贈りものとはいえなかった。

「馬や刀を手配できたとしてもすさまじい金がかかりまする。名馬は安くて五十両、刀は百両かかりましょう。まあ、馬はもらったほうも迷惑。となれば白絹一択」

生きものである馬は世話をしなければ死んでしまう。厩《うまや》の増築、馬番の増員、飼《か》い葉《ば》の手当など余分な出費を相手に強《し》いることになる。

「白絹五反と挨拶金、礼金。合わせて百両に満たぬ金とはいえ、当家にとって痛手。さらに大きな問題がもう一つ」

「まだござるのか」

小鹿が目を大きく開いた。

「ござる。というより、こちらが本題でござる」

手酌で注いだ酒を大石内蔵助が口にした。

「……調度」

小鹿が怪訝《けげん》な顔をした。

「御上がご用意くださるのは伝奏屋敷という入れものだけでございまして、箪笥《たんす》、長持《ながもち》、文机《ふづくえ》、風呂桶《ふろおけ》などは接待役が用意する決まり」

「………」

大石内蔵助の言葉に小鹿が唖然《あぜん》とした。

「接待する相手は主上の代理さま。当然、それにふさわしいだけのものを用意せねばなりませぬ」

「いくらかかるか」

小鹿が息を呑んだ。

「前回は数百両でございました」

「数百両……」

借財のある大名にとって数百両は大きな負担であった。

「その前回のものをもう一度使うというわけには」

「もうございませぬ」

小さく大石内蔵助がため息を吐いた。

「もうない……」

「売り払いましてございまする。置いておいても勅使さまにお出ししたものを使うわけには参りませぬ。誰かに見られれば不遜《ふそん》と咎められまする」

「売るのはよいので」

使って駄目ならば、売るのはもっとまずかろうと小鹿が疑問を呈した。

「生涯一度あるかないかのお役目で使ったもの。それを置いておくだけでも場所を取りまする」

「なるほど、過去、接待役を務めた方々も売ってきたと」

大石内蔵助の言いたいことを小鹿は悟った。

「それに……」

声を大石内蔵助が潜めた。

「それらの調度を売るのを高家さまが斡旋《あっせん》してくださる」

「なんとまた」

小鹿が絶句した。

「もちろん、斡旋のお礼は要りますが」

「強欲な」

苦い顔の大石内蔵助に小鹿が応じた。

「ただ……」

大石内蔵助が酒をなめた。

「すべての調度を売り払ったわけではございませぬ。ちょうど江戸屋敷の造作を交換する予定もございましたので、襖《ふすま》と屏風《びょうぶ》はそのまま利用いたしました」

残っているものもあると大石内蔵助が告げた。

「それはよろしいのですか」

「奥でございましたから」

調度品を使うのは無礼に当たるという話を聞いたところである。小鹿の懸念は当然であったが、他人の入らない奥であれば大丈夫だと大石内蔵助が答えた。

「それだけでも使えれば、かなり助かるのですが……金のことは当てにならない方向で考えておかないと、駄目になったときに困りますし」

「それは至言でござる。取らぬ狸《たぬき》の皮算用は外れるのが常」

小鹿も同意した。

「それも含めて調度品の新調、勅使さまがご滞在中の料理、酒、茶など……考えるだけで頭が痛くなりまする」

「数百両ですみまするか」

「難しゅうござる。勘定を差配している国家老の大野《おおの》九郎兵衛《くろうべえ》などは五百両で足りるかどうかと顔色を変えておりまする」

「五百両……とんでもないこと」

扶持米も入れて一年で三十石ほどしかもらっていない大坂町奉行所の同心にとって五百両という金額はとてつもない大金であった。

「それだけの用意をせねばならぬので、御上もあらかじめ内々というか、世間話というかでお役があるぞとお報せくださる」

「金策を始めよと」

「はい」

大石内蔵助が首肯した。

「金だけならば、ここまで悩まぬのでございまするが……」

少し酔いの回った大石内蔵助が続けて愚痴《ぐち》をこぼした。

「…………」

こういったときは先を促すより、黙っているのが吉だと小鹿は仕事柄知っている。

「勅使さまにご無礼があるか、お気に召さぬことでもあれば……お家に傷がつきかねませぬ」

「…………」

「江戸藩邸の者は大丈夫でござる。皆、御老中や御三家さまとのお付き合いを経験しておりますれば、無礼や失礼の危惧《きぐ》はまずござらん」

大石内蔵助の口調が崩れてきた。

「殿が……いかんな。飲み過ぎましてござる」

言いかけたところで大石内蔵助が口を閉じた。

「楽しい酒でございました。旧知のお方とお目にかかるのは懐かしくうれしいものでございまする」

話をなかったことにしようと小鹿が言った。

「いや、たしかに旧交を温めるというのはよいもの。思わず酒も進みますな」

大石内蔵助が感謝の意をこめて一礼した。

「名残は惜しゅうございますが、お手間を取らせすぎてはなりませぬ」

役人である小鹿へ気遣った体《てい》で、大石内蔵助がここで別れようと述べた。

「馳走《ちそう》でございました」

礼を口にして、小鹿は店を出た。

第二章　商いの武器

一

淀屋の四代目重當《じゅうとう》は幕府の目を感じていた。

「いつまで保《も》つか……」

重當は一人茶室で茶を喫《きっ》していた。

「やりすぎでござるぞ。常安居士《じょうあんこじ》さま」

茶室の床の間に、掛軸や花器の代わりに置かれている位牌《いはい》に重當が苦笑した。

「恨みとはそこまで強いものなのでございますな」

重當がため息を吐いた。

淀屋の初代常安は、もと武士であった。

山城国岡本荘《おかもとそう》を支配する足利《あしかが》幕府の直臣《じきしん》岡本三郎《さぶろう》右衛門《えもん》であった。その所領は三百貫ほどの小領主というより土豪であったが、それでも幕府直臣という誇りを持っていた。

その矜持が岡本家を潰した。

「躬《み》をないがしろにいたした」

足利幕府十五代将軍足利義昭《よしあき》は、己を越前《えちぜん》から奉じて京へ運んでくれた織田信長への恩を忘れて、その対応に不満を持った。

たしかに織田信長は足利幕府、義昭への忠誠など最初から持ち合わせておらず、己が天下を獲るための名分、神輿《みこし》としてしか考えていなかった。

「すべてはわたくしにお任せを」

足利義昭を将軍に就けた織田信長は、一切の権力を与えず飾りにした。

「将軍こそ天下の主」

十三代将軍足利義輝《よしてる》という兄を下克上《げこくじょう》で殺害され、一度は別家とは名ばかりの他人に十四代将軍の座を持っていかれた義昭は、それに我慢ができなかった。

「力があれば、兄のようにはならずにすむ」

義輝殺害の余波で一時、奈良の一乗院《いちじょういん》で幽閉生活を送らされた足利義昭は、そのと

き の恐怖を忘れられなかった。

いつ殺されるかわからないという悪夢から逃れるには、天下を吾《わ》がものとし、すべてのものを支配するしかないと思いこんだ足利義昭は、恩人織田信長を敵だと認識した。

「不遜なる織田を討て」

織田信長の庇護《ひご》を受けていながら、その陰で敵対する。将軍の名前で出した密命が落ち着きかけた天下を揺るがしたが、そんなことはどうでもよかった。とにかく今は、目の前にある脅威を取り除きたい。足利義昭の蠢動《しゅんどう》で、武田《たけだ》信玄《しんげん》、本願寺《ほんがんじ》、浅《あざ》井《い》、朝倉《あさくら》、上杉《うえすぎ》などが織田信長を攻めた。

だが、織田信長の武運は尽きなかった。

武田信玄は陣中で上杉謙信《けんしん》は城中で病没、浅井、朝倉は織田信長によって討たれ、本願寺は信徒のほとんどを根絶やしにされた。

「かくなるうえは」

味方を失った足利義昭は、とうとう自ら兵を挙げた。

真木島《まきしま》昭光《あきみつ》ら幕臣を頼りに山城槇島《まきしま》城に立てこもった足利義昭軍勢のなかに岡本三郎右衛門もいた。

援軍のあてもなく、兵数でも圧倒されている足利義昭が勝てるはずもなく、織田信長に押し寄せられた槇島城は門を開き、足利義昭は京を追放された。

「所領を召しあげる」

戦後、織田信長は恭順した足利義昭家臣以外の所領を取りあげ、幕臣の誇りを強く抱いていた岡本三郎右衛門も膝を屈せずに牢人となった。

領地を失った武士ほど哀れなものはなかった。

「仕えぬか」

「何石だそう」

まだ高名な武勲のある者はよかった。

落ち着きかかっているとはいえ、まだ戦国のまっただなかである。どこの大名も直接の武力である武士を抱えている。なかでも武芸に優れているとわかっている者は安心して使える。

だが、岡本三郎右衛門には名の通るような武勲はなかった。

いや、多少の武勲くらいでは声はかからない。なにせ、岡本三郎右衛門は織田信長を拒否したのだ。その岡本三郎右衛門を召し抱えたとなれば、それは織田信長と敵対すると宣言したも同然であった。

「どうやって生きていくか」

少なかったが領地を代々世襲してきた岡本家には、数ヵ月の間喰うに困らないだけの蓄えはあった。

とはいえ、いつまでも保つものではない。

「もう武士はご免だ」

武士は矜持を保たなければならない。

岡本三郎右衛門も織田信長に敵対するべきではないとわかっていた。武田なく、本願寺が折れた今、織田をどうにかできるだけの勢力はないか、あっても遠すぎるかで咄嗟《とっさ》に間に合わない。

「将軍家直臣」

格からいけば、織田信長と岡本三郎右衛門は同じなのだ。領地の大きさや官位、家臣の数などで大差を付けられてはいるが、儀式で将軍の前に並ぶときは同格、下手をすれば長く幕臣を続けてきた岡本家が上になる。

「尾張《おわり》の田舎大名に……」

京に近い山城に領地を持っている岡本三郎右衛門は、織田信長をそう批判する他の幕臣たちを否定しなかった。

日頃から下に見ていた織田信長に膝を屈する。領地や一門、家臣のことを思えば頭を下げなければならないとはわかっていた。

「情けなし」

「いきなり尾を振るとはの」

これが戦国としての攻防激しい美濃《みの》や尾張、九州、奥州《おうしゅう》、中国、信濃《しなの》、上野《こうずけ》などであれば、生き残るために旗色をころころ変えるのが当たり前で、非難されても軽い。

しかし、京の周辺ではそうはいかなかった。将軍の直臣という立場は重かった。

たしかに山城も将軍領地でありながら、山名《やまな》、細川《ほそかわ》、三好《みよし》によって簒奪《さんだつ》され続けてきた。それでも将軍家が滅んだわけではないし、簒奪者も本気で攻めかかってはこなかった。誰もが馬鹿にしながらも将軍の権威を認め、畏《おそ》れていたからであった。

「賊《ぞく》」

将軍を完全に敵にすると、天下すべての悪意を身に受ける。

足利義昭がさんざん使った密かなる台命《たいめい》がすべての大名に出され、それは三好なりを攻める名分、口実になった。

つまりは隙を見せることになる。それがわかっていればこそ、山城は戦乱の世にあって、大きな波風を受けずにいた。

ようはぬるま湯だった。岡本三郎右衛門は、真の意味での武士ではなかった。武士は相手を喰らってでも、領地を守る。一所懸命《いっしょけんめい》こそが武士の生きるすべであった。それを理解していなかった。その結果が、牢人であった。

「もう十分である」

失ってようやく岡本三郎右衛門は気づいた。

「喰わねばならぬ」

武士を辞めさせられた。となれば、他に喰うすべを探さなければならない。

岡本三郎右衛門は山城から、大坂へと出てきた。

大坂では石山《いしやま》本願寺の跡地を片付け、あらたに織田の拠点を造るための普請が始まっており、石運びや大工の手伝いなどその日暮らしをする手段はいくらでもあった。

「親方」

人足たちに混じっての生活のなかで、岡本三郎右衛門が頭角を現すのに、ときは要らなかった。

もと武士という経歴が、雇い主との交渉や人足同士の争いごとの仲介に威力を発揮した。

「やってみせようぜ」

人足を率いた岡本三郎右衛門は、織田信長が本能寺で討たれた後、待っていたかのように淀川の堤防改修、伏見《ふしみ》城の築城などで名をあげ、淀屋という屋号を名乗り、大坂で材木商を始めた。

「岡本の名前を弔《とむら》う」

岡本三郎右衛門は仏門に入って名前を淀屋常安とあらためた。

「是非に及ばず」

「なにわのことも夢のまた夢」

天下を巡っての争いから淀屋常安が離れてからも世のなかは動いていた。

跡をうまく受け継いだ豊臣秀吉も病に斃《たお》れた。

「大坂を滅ぼす」

最後に名乗りをあげた徳川家康によって、豊臣家が築きあげた大坂は灰燼《かいじん》に帰した。

「戦場跡の始末を」

「お任せいただきたく」

巨城大坂城の破却で出た石垣の岩があちこちにあり、なにをするにも邪魔でしかたがなかった。

それを淀屋常安は幕府から請け負い、巨石を移動させるのではなく、すぐ隣にその石が入るくらいの穴を掘り、そこへ落として埋めるという画期的な方法であっという間に障害物を片付けて見せた。

「見事である」

その手腕に当時の大坂を支配していた家康の孫松平下総守忠明《しもうさのかみただあきら》が感心し、以降淀屋常安に大坂の町の復興の手助けをさせた。

材木商に家屋や屋敷、はては大坂城の再建を手伝わせる。それがどれだけの利を生むかなど言うまでもなかった。

金のあるところに人は集まる。家と職を失った者たちが、淀屋常安を頼った。

「よしなに伝えてくれぬか」

「目通りをお願いしてくれ」

西国の大名も松平下総守に目をかけてもらっている淀屋常安に近づく。

こうして淀屋常安の力は民にも武士にも広がった。

「二代目言當《げんとう》さま、三代目箇斎《かさい》さまも……」

祖父と父の位牌はないが、淀屋重當はそこにあるように床の間へ目を向けた。

「まあ、わたしも言えた義理ではないな」

淀屋重當が苦笑した。

どれほど隆盛な家でも、三代繁栄し続けるのは稀《まれ》であった。というのは、初代が大きくした家を二代目が守り、三代目が潰すという構図になりやすいからである。

これは親の苦労を見てきた二代目と、生まれつき成功者の跡継ぎとしてちやほやされる三代目の差が原因であった。

淀屋はそれを理解していたわけではないが、偶然二代目に跡継ぎがなく、弟を養子にして三代目とした。ようは二代目と三代目はともに初代の子供であり、親の苦労を見てきたのだ。

四代目の重當は三代目の息子であり初代の孫になる。四代目ながら、世間でいう三代目と同じである。

ただ違ったのは父である三代目箇斎が、

「本来は家を継げる身ではなかった」

と幼い重當に言い聞かせたことであった。

「淀屋を大きくするのが、仕事だと思え」

そう教えられた重當は、淀屋を大きくすることに邁進《まいしん》した。米市場の発展、中之島《なかのしま》の拡大など、代々当主に引けを取らない功績を挙げ、淀屋の身代《しんだい》を大きくした。

だが、そのぶん息子の教育まで手を回せなかった。

世間が落ち着いてきたのも悪かった。もう戦はない。これからは徳川家の支配下で、ずっと安泰な日々が続くとわかった民たちが、心に余裕を持ち始め、それが贅沢を助長した。

「若旦那……」

もちろん、誰もが贅沢できるわけではない。己の金で遊べない者は、他人の懐をあてにする。

そのあてになったのが、五代目になる淀屋三郎兵衛《さぶろうべえ》辰五郎廣當《たつごろうこうとう》であった。

最初は店の奉公人で少し質《たち》の悪いのが、遊郭で遊ぶ金ほしさに廣當を誘ったことだった。

「まあ、淀屋はんの」

妓《おんな》にしてみれば、淀屋の息子という価値は大きい。

「楽しんでおくなはれ」

廣當は歓待に溺れた。

新町《しんまち》は島原《しまばら》、吉原《よしわら》と並ぶ三大遊郭、そこにいる妓は器量がいいだけでなく、歌や踊り、音曲《おんぎょく》に精通している。いや、それだけではなかった。茶の湯、詩作にも優れ、な

により も床の技に長《た》けていた。

まだまともに女も知らない廣當は、あっさりとはまった。

それこそ、毎日通うようになった。

「若いうちだから」

「堅いだけでは、商いもできないさね」

廣當の様子を忠告する者もいたが、重當は気にしなかった。

「店を継いでから女狂いになられては困る」

重當はいつかあきると思っていたし、どれだけ廣當が豪遊しようとも、淀屋の身代にはいっさい響かない。

「淀屋を盤石にしておけばいい」

なにより押しも押されもせぬ豪商に淀屋を育て上げれば、息子だけでなく末代まで安泰になる。

「仁《じん》右《え》衛門《もん》を鍛えねばならぬ」

重當は番頭の牧田《まきた》仁右衛門を一流の商人にすべく教育を始めた。

しかし、息子を放置し淀屋を大きくしていくことに夢中となっていた重當は、徐々に大名たちの対応が変わってきたことに気づいた。

「頼んだぞ」

最初は勘定方が借財の申しこみにきたが、

「力を貸してくれ」

やがて家老が訪れるようになり。

「よしなにの」

とうとう藩主が直々《じきじき》にやってきた。

「これはよくないな」

武士が頂点に立つ幕府支配下の世で、商人に大名が頭を下げる。これは幕府の構築してきた秩序を破壊することになる。

「お断りを」

ならば金を貸さなければいいだけなのだが、すでに淀屋の金は天下を回す歯車となっていた。

「貸してもらえねば、腹を切らねばならぬ」

「この金がないと、藩が立ちゆかぬ」

断れば、それこそ蒼白になってすがりつく。

「しくじったわ」

重當が唇を嚙んだ。

言うまでもなく、商いとしては大成功であった。世のなかで金貸しほど儲かる商売はない。一年放っておくだけで、二割の利子が付く。十年経てば、元金と利子で三倍の金が返ってくる。

淀屋の蔵は、あっという間に一杯になった。

大名貸しは一度始めれば、終われない。

止めれば、大名が潰れ、融通した金が戻ってこないからだ。

大名は借財では潰れない。正確には潰されない。潰せば、その借財はなくなるが、その代わり幕府は疲弊《ひへい》した領地を引き受けなければならなくなるし、藩士とその家族が無職となって世に放たれる。

それは天下の治安を悪くする。

どうしようもないように見えるが、一つだけ藩を再生する策があった。

「治政の能力なし。改易を申し渡す」

一度藩を潰し、

「あらたに某《なにがし》に領地を与える」

藩主を一門の者にすげかえて、新規召し出しの形を取る。

こうすれば、前の藩とはかかわりがなくなり、借財はなかったことになる。家臣たちも一度牢人にはなるが、ほとんどそのまま復帰する。領地は削られるが、城も屋敷も変わらない。

しかもたちの悪いことに、その大名家が持っていた財産は、幕府が収公するのだ。

つまり商人は泣き寝入りするしかなくなってしまう。

もっともこの手を頻繁に使うようになると、商人は金を貸さなくなる。

それも、問題のある大名だけでなく、すべての大名へ貸し渋る。

「某のおかげで、我らまで……」

「利を三割にされたうえ、最初に引かれたわ。二万両要ったのだが、一万四千両しか借りられなかった」

「形《かた》として、重代の家宝を三つも要求された」

当然、金を借りたいと思っている大名たちの恨みを買う。

「貴家との縁談は御免こうむろう」

「当家を訪れてくださるとのことでございますが、いささかつごうが悪く」

大名同士の婚姻《こんいん》、交際に支障が出る。

「はあ」

重當が盛大なため息を吐いた。

すでに淀屋は天下を支える重要な鼎《かなえ》になっている。だが、それを武家による支配を考えている幕府は認めない。

「逃げられぬ」

もう一度重當が嘆息した。

抜け出せず、滅びが待っている。

「儂《わし》の代で終わりじゃな」

重當が瞑目した。

「今更あがっても無駄じゃ」

幕府は法度を好きにできる。そのうえ、力も持っている。

「牢人を雇って抵抗しても勝てぬ」

今の淀屋は十万石の大名以上の収入を得ている。いや、五十万石に近い。

「もう一度大坂で戦を起こすか」

かつて豊臣秀吉の息子秀頼《ひでより》は六十五万石で、天下を相手取って戦った。そのとき牢人十万人を集めたと言われている。

それくらいのことは淀屋もできる。淀屋の資産はすでに一億両を超えていた。一人百両という条件で十万人を集めることなど容易であった。

「大坂城があればこそできたこと」

天下という大敵を相手に豊臣が一度とはいえ弾き返せたのは、天下の要害大坂城があったからであった。

二十万人用意したところで、幕府はその倍を容易に派遣できる。矢玉を防ぐもののない野戦では、数が絶対であった。

「まあ、矢玉を用意できる大名がどれだけいますかね」

重當が苦笑した。

鉄炮の弾はまだいいが、矢や硝煙《しょうえん》はときとともに傷む。それこそ矢羽根《やばね》が腐って飛ばない矢、湿気《しけ》てしまって発火しない硝煙では戦えない。そしてあらたにそれらを買うにも金が要る。

「貸してくれ」

まさか淀屋を攻めるための矢玉を買う金を淀屋に融通してくれとは言えないのだ。

「ふう」

重當が茶を点《た》てた。

「日延べを考えるしかなさそうだ。財産も少しは分散できるだろうけど……幕府は見逃さないだろうねえ」

幕府にしてみれば、淀屋を闕所にすることで、一億両以上を手にできる。淀屋の子孫のために半分残してやるなどあり得なかった。

「いずれ奪われる財産なれば、好きにさせてやらねばな。淀屋ののれんを下ろす役目をさせられるのだ。それくらいはよかろう」

乱暴に重當が茶を喫した。

「そうじゃ、気に入ったからといって妓を落籍《ひか》させぬように釘を刺しておかねばの。金に釣られただけの女を淀屋の滅亡に付き合わせるのはかわいそうじゃ」

重當が茶碗を置いた。

二

大石内蔵助と会ったあとも、小鹿の日々は変わらなかった。

「…………」

一応廻り方同心という肩書きがある。他の増し役与力、同心のように町奉行所で一日腐っていなくともよいが、出歩いたところでやることはなかった。

やることがないというのは、気疲れする。

若い男が気疲れしたときに求めるのは、酒か、食いものか、女である。

小鹿は夕暮れから新町に足を踏み入れた。

「相変わらず、繁華なことよ」

遊郭はこれからが商いになる。

現場での仕事を終えた職人、店の門が閉まるまでの急ぎ遊びをもくろむ奉公人と、肩が触れあうほど混雑する通りに小鹿が感心した。

「すまぬな」

「こちらこそ、すいやせん」

肩が当たったらしい武家と職人が互いに頭を下げる。

城下ではまずあり得ないことだが、新町では珍しいものではなかった。

大坂は江戸と違い、武家の価値が安い。なにせ大坂にいる武士のほとんどは、商人と金の遣り取りをするのが役目で、刀や鑓《やり》を遣わず算盤《そろばん》の戦いで商人と勝負になるはずもなく、敗退を続けている。

敗者は勝者になにも言えない。

これはいつの時代も真理なのだ。

「身分が……」

武士がそれを持ち出せば、

「朝廷をないがしろにしている幕府が、言えた義理か」

しっかりと痛撃が返ってくる。徳川が幕府を開いて天下を治める名分となっている征夷大将軍《せいいたいしょうぐん》は、朝廷が任じるからであった。

ましてや新町は、世間ではなく苦界《くがい》と呼ばれる地、ここで俗世の身分は一切通じなかった。武士も町人も大門を潜《くぐ》れば皆客、女犯《にょぼん》が許されない僧侶が見世《みせ》に揚がっても、誰も咎めることなく、見て見ぬ振りをする。

「なんなのだろうな、武士とは」

和気藹々《わきあいあい》としている風景に小鹿は立ち止まった。

「無用の長物でっせ」

小鹿の背中に声がかかった。

「……堺屋どのか」

振り向いた小鹿が、立っている堺屋に苦笑した。

堺屋は小鹿が自棄《やけ》になっていたころ新町で出会った古物商であった。

淀屋廣當の総揚げに遭い、登楼できなかった境遇をなぐさめあうことで意気投合した。

「昨日、大石はんが来てくれはりまして」

「会ったわ。今日はおられぬようだが……」

堺屋の言葉に小鹿が辺《あた》りを見た。

「今朝、帰らはりました。あんまり上方《かみがた》で遊んでいると叱られるそうですわ」

「叱られる……」

笑った堺屋に小鹿が首をかしげた。

大石内蔵助は赤穂藩の城代家老である。城代家老は、その名前からもわかるように、藩主がいないときの代理になる最上級の重職である。

「殿さまですわ」

堺屋が告げた。

「在国中か」

大名は参勤交代で、国元と江戸を行ったり来たりしている。当然のことだが、藩主がいれば、城代家老の役目はなくなった。

「浅野の殿さまは、ずいぶんと吝《しわ》いお方やそうで」

「城を新たに建てるくらいなのにか」

「建てたんは、先々代でっせ」

　堺屋が首を左右に振った。

「今の殿さまは、立派なお城と莫大な借金を受け継がはっただけ」

「なるほど。それは吝くもなるか」

　小鹿が納得した。

「上方での飲み食いは自前でも、泊まりと道中の駕籠《かご》代はお家持ちでっさかいなあ。一日長引けば、そのぶん高《たこ》うつくと」

「一泊でそんなに変わるか。宿屋に泊まったことがないから、わからんが」

　言った堺屋に小鹿があきれた。

「わたいやったら、朝と晩の飯付きで百六十文もあれば十二分ですけどなあ。さすがに赤穂藩の城代家老さまともなると……最上級の旅籠《はたご》になりまっせ。一泊、二百五十文は要りますなあ」

「二百五十文か、高いな」

　小鹿が真顔になった。

　淀屋の荷揚げ人足で、一日働いて二百文内外、それだけあれば長屋を借りて朝晩、二度の食事と酒の二合も飲める。いや、少し余る。

「それでも二百五十文、赤穂浅野家は五万石余やぞ。十日延びても二千五百文、二分ほどやないか」

計算した小鹿があらためてあきれた。

「だから吝いちゅうんですわ。お大名はんなんやから、藩全体の支出に目を光らすのはよろしいねんけどな、そんな末葉にまで気を遣っているようでは……」

二百文や二分ていどの小銭を気にするようでは、とても大名としての資格はないと堺屋が臭わせた。

「それはそうだ」

小鹿がうなずいた。

「まあ、浅野どのはどうでもいいが、おぬしはなぜ吾が新町に来ると思ったのだ」

「大石はんが、ずいぶんと溜まっているようやと言うておられましたんで」

「溜まっている……」

言いかたに小鹿が苦情の籠《こ》もった目を堺屋へ向けた。

「待遇への不満が溜まっているんと違いましたんか」

わかっていて堺屋が平然と返した。

「むっ……」

小鹿が詰まった。

「それに男はんですしなあ」

堺屋が口の端を吊りあげた。

「やかましいわ」

なんともいえない顔に小鹿がなった。

「そういえば、もとの奥さまは」

「嫌なことを訊くなあ」

問うてきた堺屋に、小鹿が苦い顔をした。

「伊那《いな》なら、どこぞの豪商の妾《めかけ》になるそうだ」

小鹿が耳にした噂を語った。

「なるほど。尻が軽すぎると」

堺屋が嗤《わら》った。

いつまた浮気相手の伊三次《いさじ》とよりを戻すかも知れない女を後妻として迎える武家はなかった。武家にとって家を継ぐ資格はその血にある。継承者がなくやむなく養子を取るような場合でもない限り、正統な系統の血筋を継いでいない者は認められない。

もし伊那を後妻として迎えたとしたとき、間にできた子供が己のか伊三次のかの区別がつかなくなる。

「受け付けぬとは言わぬが……」

家督相続の届けを出したとき、すんなりと許可はまずでない。

「少し考えてはどうか」

他の者をと暗に勧められる。

他家のことだからかかわりはないといえばそうなのだが、受け入れてしまえばどうしても付き合いをしなければならなくなる。下手をすれば娘を嫁になどとなりかねないのだ。

士籍を削られて無頼《ぶらい》にまで落ちた男の胤《たね》などを系統に受け入れれば、周囲の目は一気に変わる。

「…………」

同じ輩《やから》として、露骨な白眼視を受ける。

「株を売ってはどうかの」

まだ同心には救いがあった。

江戸も京も大坂も、町奉行所の同心は一代抱え席譜代格というよくわからない扱いを受けている。

一代抱え席というのは家督相続ができないという意味である。それでいて代々の家臣である譜代格というのは矛盾している。

形式だけとはいえ、町奉行所同心は、先代が隠居するときに一度席を返すことになっている。その後、跡継ぎが新規召し抱えとして出仕した。

手間がかかるが家督相続できる。

ただ、正式には相続はできない決まりであり、先代が辞めたときに町奉行所同心に欠員が生まれる。この空席を株といい、売り買いできた。

「うちの次男に……」

空きが出たときは同心ばかりか町奉行所の与力が家を継げない次男以下をそこに押しこもうとする。三十騎、正確には二十八人の与力の子供は何人もいる。そこから一人に絞るとなると、ものを言うのは金であった。

「二十両でどうだ」

「こちらは三十両だそう」

競合になり値段があがっていく。

なにせ滅多《めった》に空きは出ないのだ。町奉行所の同心の年収を金にすると、おおよそ二十五両から三十両、それを子々孫々まで受け取れるとなれば、売るほうも強気になる。

「百両でどうですやろ」

さらになんとかして武士という身分を手に入れたい商人が、割りこんでくる。

「二百両でもよろしいで」

商人は息子を町奉行所同心にして、儲けようと考えているわけではない。欲しいのは身分なのだ。それこそ金に糸目は付けない。

跡取りのいない同心のなかには、さほど付き合いのあるわけでもない一門に家督を譲って組長屋の片隅で肩身を狭くして生活するより、死ぬまで遊び尽くせるだけの金をと考えるものも出てきている。

「係累《けいるい》をなんと思うのか」

もちろん、たなからぼた餅で家が一つ手に入ると考えていた親戚は怒るが、金を出すことができなければ柳に風でしかない。

株の売り買いは同心という不安定な身分だからこそ、受け入れられていた。

だが、伊那についてはいわく付きとはいえ、筆頭与力の娘なのだ。ただの養女として迎えることは血筋のことから論外、嫡男の妻という座を与えるしかない。

「…………」

誰もが和田山内記介から声をかけられないように顔を逸《そ》らしていた。

「腹立たしい」

いかに筆頭与力とはいえ、二度も娘を同心に押しつけるわけにはいかなかった。

「お迎えいたしましょう」

筆頭与力が圧力をかければ、泣く泣くでも受け入れるだろう。

「部屋から出るな」

だが、伊那への扱いは悪い。万一でも子供ができては困る。伊那を長屋の小部屋に押しこんで、閨《ねや》はもちろん、普段から顔を合わさないように隔離する。

「出ていけ」

数年後、伊那は三行半《みくだりはん》を持たされて実家へ返される。

和田山内記介にも日暮れは訪れる。娘が悪いにもかかわらず小鹿を左遷した今回のことで、和田山内記介への反発が東町奉行所に生まれた。

「そろそろ代替わりをしてもよかろうよ」

「八年か。なかなか長かったの」

「跡は儂が……」

東町奉行所の与力二十八人は、誰もが筆頭与力の座を狙っている。

町奉行所の与力の収入は表高二百石、四公六民なので実高は八十石である。その八十石で生活をし、供侍《ともざむらい》、中間《ちゅうげん》、小者、女中などを雇わなければならなかった。供侍で三石一人扶持、中間、小者が年に三両前後、女中で二両から三両、八十石は金にして七十両余りになるので、別段無理ではないが余裕はない。

その不足を補うのが、大坂の町人や蔵屋敷からの気遣《きづか》い、合力金《ごうりききん》であった。

「これからもよしなに」

「お頼み申す」

商家は商いの高、大坂蔵屋敷は大名としての格で変化するが、節季ごとに金をくれる。

この金は個人的な頼みごとに対する謝礼と違って懐に入れず、町奉行所へ納められ、与力、同心、小者などに分配された。

この分配を担当するのが、筆頭与力であった。

となれば、己への配分を増やすのが人情であり、暗黙とはいえ了解されている。

そこに和田山内記介の失策である。

与力たちが蠢《うごめ》き始めたことは、同心たちも知っていた。

「そうそう渡すものか」

和田山内記介も抵抗するので今すぐにとはいかないが、伊那を押しつけるという行為は坂道から足を踏み出すに等しい。

「やむを得ぬ」

娘と筆頭与力の座を天秤にかけた和田山内記介は、町奉行所において伊那の嫁入りをあきらめるしかなかった。

小鹿が堺屋太兵衛《たへえ》に経緯《いきさつ》を説明した。

「なるほど。女《おなご》はんもたいへんですなあ」

「なにがたいへんなものか。豪商の妾だぞ。小洒落《こじゃれ》た妾宅に住んで女中を顎《あご》で使い、着物も食いものも好き放題できる」

哀れむ堺屋太兵衛に小鹿が憎々しげに言った。

「贅沢が女はんの幸せとは限りまへんで」

「明日喰うに困るかも知れん吾よりましじゃ」

宥《なだ》めようとする堺屋太兵衛を小鹿が拒否した。

「こらあきまへん。さあ、揚がりまっせ」

堺屋太兵衛が馴染《なじ》みの揚屋へ向けて小鹿の背中を押した。

「おおい、頼むわ」

応対に出てきた男衆に声をかけながら、堺屋太兵衛が背後を窺《うかが》った。

三

大坂で大きな力を持っているのは大坂城代になる。

譜代大名のなかから選ばれた将来の幕閣候補、最低でも西国大名の統率ができるだけの人物が任じられる。

京都所司代の相手になる公家より大坂商人のほうがましと考えられることもあるが、その実態は生半可《なまはんか》なものではなかった。

「出雲守の動きはないか」

大坂城代土岐伊予守が用人に尋ねた。

「忍ばせた女どもからは、まだなにも」

用人が首を横に振った。

「書付なども見ておるのだろうな」

「中山出雲守さまがお留守のおりに、書院のなかまで確認いたしておるとのことにございますが、私信ていどしかないと」

「私信だけだと……」

土岐伊予守が眉間にしわを寄せた。

「さすがに気づくとは思っていたが、なかなか抜け目のない奴よ」

中山出雲守の対応に土岐伊予守が苦笑した。

「まちがいないとは思うが、痕跡などは残しておらぬな。書院にまで『入っているだろう』と『入られた』は大きな違いになる」

「そこは厳しく釘を刺しておりまする」

土岐伊予守の懸念に用人が首肯した。

「ならばよかろう。ずっと気を張っていることもできまい。どこかで油断が生まれるはずじゃ。そこを見逃さぬようにさせよ」

「そのように」

用人が頭を下げた。

「城下はどうじゃ」

大坂の城下も土岐伊予守が監督する。

「落ち着いてはおるようでございまするが……」

訊かれた用人が難しい顔をした。

「何かあるのか」

「あると申すには……」

気にした土岐伊予守に用人が口ごもった。

「無駄になってもよい、話せ」

懸念は早めに把握しておかないと後々でより面倒な事態になってしまう。土岐伊予守はそのことを十分に知っていた。

「まだ詳細は確認できておりませぬ」

優秀と言われるだけでなく、同時に責任をうまく逃れるだけの才覚がないと腹心にはなれなかった。用人が最初に真偽のほどはわからないと前置きをした。

「…………」

いつものことだと土岐伊予守が無言で先を促した。

「淀屋が慶長大判、小判をおもに古金《こきん》を集めているという話が、出入りの商人との遣り取りの最中に出て参りました」

「慶長大判、小判、古金か……ご改鋳《かいちゅう》に反対するつもりか」

「本当ならば……」

淀屋の影響力は大きい。

大坂城代が淀屋に掣肘《せいちゅう》をかけようとしていると噂になるだけで、騒動になる。騒動ならばまだいいが、淀屋が危機感を覚えたりすると、土岐伊予守の排除を考え始めかねない。

「伊予守さまは、ご城代よりも他のお役目がふさわしいかと」

老中に金を積んで、土岐伊予守が京都所司代や老中格といった他職へ転じるように手配りをするくらいならばまだよかった。

「このようなことが……」

「わたくしも見ました」

「まちがいございませぬ」

金さえ積めば、いくらでも賛同者は集められる。そこへ罪を捏造《ねつぞう》でもすれば、

「身に覚えのないこと……」

「吾を貶めようとする輩の……」

言いわけもできなくなる。

「邪魔者が……」

老中一歩手前の大坂城代には敵が多い。

大坂城代になるために蹴落としてきた者は当然、数少ない出世の機会を奪い合う者

が、水に落ちた犬は叩けとばかりに攻撃してくる。土岐伊予守は迂闊《うかつ》なまねができなかった。

出世の階段、その頂点まであと一歩だけに、土岐伊予守は迂闊なまねができなかった。


「どう思うか。洋之介《ようのすけ》」

土岐伊予守が用人に考えを問うた。

「商人が金を集めるのは当然のこと。このまましばらく様子をご覧になればよろしいかと」

洋之介と呼ばれた用人がまだ動く状況ではないと助言した。

「であるな」

土岐伊予守がうなずいた。

「これで終わりか」

もう報告することはないかと土岐伊予守が確認した。

「……あと一つ」

先ほどよりも逡巡《しゅんじゅん》を強くしながら、洋之介が告げた。

「……なんじゃ」

滅多に見せない腹心の様子に、土岐伊予守が怪訝な表情になった。

「先ほどの件にかかわりのあることでございまするが……」

さらなるためらいを見せながら、洋之介が続けた。

「淀屋の慶長大判、小判集めを邪魔した者がおると」

「誰がそのようなまねを」

土岐伊予守が思わず口を挟んだ。

「それが……東町奉行所の同心であると」

「東町奉行所の同心……だと」

聞いた土岐伊予守が驚愕した。

「同心風情《ふぜい》に淀屋へ逆らうだけの気概を持つ者などおるまい。あやつらは淀屋の雪駄《せった》の埃《ほこり》を払っても、その行く先に立ちはだかることはせぬ」

土岐伊予守が否定した。

「はい。わたくしもいささか眉唾《まゆつば》ではないかと思っております。町奉行所の同心ほど淀屋の恩恵を受けておる者はおりませぬゆえ」

洋之介も主君の考えに同意した。

「その話も商人からか」

「……………」

念を押した土岐伊予守に洋之介は無言で肯定を示した。

「気になるの」

「殿も」

主従が顔を見合わせた。

「その商人は、どうやってそなたや他の者の知らぬことを知った。いや、それ以上の部分を知った」

土岐伊予守が険しい顔をした。

「まことに」

洋之介が首を縦に振った。

「その商人は誰だ」

「米問屋を営んでおりまする浪華屋《なにわや》市三郎《いちさぶろう》と申す者」

質問された洋之介が商人の名前を出した。

「親しいのか」

「当家への出入りを許しておりまする」

「大坂へ来てからの者であるな」

「さようでございまする」

確かめた土岐伊予守に洋之介が低頭した。

土岐家は伊予守が大坂城代に任じられるまで、出羽上山《でわかみのやま》にあった。江戸よりも北になる土岐家は当然、大坂に伝手《つて》などあるはずもなく、伊予守が大坂城代になったときにいきなり困惑することになった。

「一万石を加増し、摂津《せっつ》、河内《かわち》、越前へ所領替えを命ず」

本国が赴任地から遠すぎるときに採られる幕府の救済策ではあるが、代々築きあげてきた出入り商人などのかかわりが打撃を受ける。

江戸表での出入り商人はまだそのままでもいけるが、国元で年貢米の買いあげをする米問屋は困る。まさか出羽上山から大坂へ店を出せとか、人を寄こせなど言えるはずもない。

「御用をお受けいたしたく存じまする」

大坂城代として土岐伊予守が赴任するための下準備に、大坂へ出向いた洋之介のもとを最初に訪れたのが、この浪華屋市三郎であった。

「……よろしかろう」

一通りの調べはしたうえで、洋之介は浪華屋市三郎に土岐家の米を預けた。

なぜ淀屋でなかったかといえば、大坂を支配する城代が淀屋を受け入れるのは癒着《ゆちゃく》を疑われてしまいかねないからであった。

「承りました」

「是非、お任せを」

出入りとなった浪華屋市三郎は、堅実な対応で蔵屋敷一同の信頼を勝ち取っていった。

「浪華屋の店は大きいのか」

出入りの商人が誰だというようなことに、当主はかかわらない。土岐伊予守が訊いた。

「大店《おおだな》とは言い難いですが、それなりに」

洋之介が答えた。

「どうして当家に来たのだ」

「それなのですが、どうやら大坂城代が替わるたびに出入りとなっているようで」

「ほう」

土岐伊予守が興味を見せた。

「退任する大坂城代から後任を教えてもらって、いち早く顔を売るのを繰り返しておるようで」

「なるほど。大坂城代は近辺に所領を移されるか、この付近で加増されるのが通例であることを利用しておるのだな」

洋之介の話に土岐伊予守が感心した。

「はい」

「耳が早いか……」

土岐伊予守が考えこんだ。

「それだけで淀屋の内情を知れるとは思えぬな。淀屋に近い者を飼っているとしても……」

「生半可な金では、動きますまい」

洋之介も土岐伊予守の疑問に首肯した。

「いきなり信用するのは難しいな。まずは浪華屋を調べよ。と同時に淀屋を抑えたとかいう同心を見つけ出せ」

「承りましてございまする」

主君の指図に洋之介が、手を突いた。

四

和田山内記介のもとに増し役大坂東町奉行所の内情が逐一《ちくいち》届けられていた。

「ふむ」

増し役に専用の役宅はない。増し役は大坂東町奉行所に間借りする形を取った。

もちろん、増員はされるが、本役並みの定員は用意されず、当座は本役大坂東町奉行所からの出役で補われる。

そういえば、聞こえはいいが実際は、本役大坂東町奉行所で不要と判断された者たちが送り出された。

そのなかに和田山内記介の娘で小鹿の妻だった伊那を寝取った阿藤《あとう》伊三次の父、阿藤左門《さもん》がいた。

そもそも伊那の密通は、家を継げない息子に与力の地位を与えたくて阿藤左門が企んだことであった。

いかに不浄職と忌避される町奉行所与力とはいえ、娘が嫁入り前に隣家の息子と情を通じたなど恥である。

「やむを得ず」

筆頭与力の娘となれば、町奉行所役人のなかであれば引く手あまたであった。しかし、それができなくなってしまった。そこで和田山内記介は娘を格下の町奉行所同心山中小鹿に押しつけた。

「まだじゃ」

そこで終わるはずだったのに、阿藤左門はまだあきらめてはいなかった。伊三次は嫁に行った伊那に声をかけ、関係を続けた。それが和田山内記介の名前に傷を付けた。

「儂の言うように働けば、増し役奉行がいなくなるとき、東町奉行所に呼び戻してくれる」

和田山内記介はその憎い相手である阿藤左門を道具として使った。

もちろん、端《はな》から呼び戻すつもりなどない。和田山内記介は、己の立場を危うくした阿藤左門、伊三次を許すつもりはなかった。

「なにがあった」

だが、それを気取られては阿藤左門を思うがままにできない。腹立たしい思いを顔に出さないようにして、和田山内記介は阿藤左門を前にした。

「山中のことでございまする」

「……あやつがどうした」

和田山内記介にしてみれば、小鹿も憎い相手であった。

「みょうな男とつきあっておるようでございまする」

「……みょうな男とは、どのような」

阿藤左門の言葉に、和田山内記介が眉をしかめた。

「商人のようなのでございますが……なにを商っているかわかりませぬ」

「わからない商人というのがいるのか」

和田山内記介が首をかしげた。

「調べてはおりますが……」

阿藤左門が口ごもった。

商人にはいくつかの形態があった。

もっとも多いのが、店を持っている者である。その次が店を持たず、手に荷物を掲げて顧客のもとあるいは買い手を探して歩く行商、そして最後が特定の顧客あるいは決まった商品だけを扱う仲介で儲ける者であった。

「後を付けたのだろうな」

「付けたのでございますが……見失ってしまい」

問うた和田山内記介に、阿藤左門が目を伏せた。

「町方が、撒《ま》かれるだと」

「申しわけもございませぬ」

和田山内記介に睨《にら》まれた阿藤左門が頭を付いた。

「情けない。ふん、名前は」

「はあ」

訊かれた阿藤左門が戸惑っていた。

「そなたではないわ、そやつの名前だ」

「堺屋太兵衛でございまする」

苛《いら》立《だ》った和田山内記介に阿藤左門が慌《あわ》てて答えた。

「下がれ」

「どのようにいたせばよろしいので」

手を振られた阿藤左門が、今後の指図を和田山内記介に求めた。

「……とりあえず山中を見張っておけ」

少し考えた和田山内記介が命じた。

「はっ」

阿藤左門が下がっていった。

「まったく役立たずが」

一人になった和田山内記介が吐き捨てた。

「町奉行所の役人が商人に撒かれたなど……恥ずかしくて他人に話せぬわ」

和田山内記介が嘆息した。

「山中と会っている男か……」

阿藤左門のことを頭から追い出して、和田山内記介が思案を始めた。

「増し役とはいえ、廻り方に任じられている。そのせいか、他の増し役へ送り出した連中が、詰め所で肩を寄せ合って日がな一日無為《むい》に過ごしているのに比して、あやつは一人でも城下へ出てうろついている。そこで知り合ったか」

和田山内記介が独りごちた。

「山中は思慮が浅い。あやつがなにかを企むことはない」

娘への仕打ちを和田山内記介は恨んでいるし、おだやかに終わらせなかった小鹿の短慮さにあきれていた。

「となると、その男が問題じゃの」

和田山内記介が腕を組んだ。

「山中をどうするつもりで近づいた……これは目を離せぬ」

腕を解いた和田山内記介が手を叩いた。

「竹田《たけだ》、竹田はどこだ」

和田山内記介が、惚れていた伊那を娶《めと》った小鹿を嫉妬し一方的に嫌っていた同心竹田右真《うま》を呼んだ。

小鹿は堺屋太兵衛と遊んだ後、一人で大坂の町を歩いていた。

「背中に気をつけなはれ……か」

別れぎわに小鹿は堺屋太兵衛から忠告を受けていた。

つきあって日が浅いが、小鹿は堺屋太兵衛のことをなにもわかっていなかった。大石内蔵助と親交があり、古物商というか探し屋というかを商いとしているくらいしか知っていないのだ。

「背中に気をつけろ……か」

小鹿が堺屋太兵衛の忠告を口のなかで繰り返した。

「経験があるのだな」

堺屋太兵衛が後を付けられた経験があると小鹿は気づいた。

「相手は誰だったのか……まさか町方役人ではなかろうな」

町奉行所の同心は追跡に慣れている。それこそ名だたる掏摸《すり》や盗賊の後を付け、犯行に及んだ瞬間を押さえる、逃げこんだ先を確認するのだ。

「付けたやつはどうなった」

小鹿が息を吞んだ。

「ここ十年は、町方同心や御用聞きが変死したとは聞いてはいないが……」

小さく小鹿が首を横に振った。

「今、考えることじゃない。今は吾が身だ」

小鹿が気を切り替えた。

「誰だ……」

揚屋の前で堺屋太兵衛と別れた小鹿はさりげなく左右に気を配った。

言うまでもないが、町方の同心は後を付けられることへの対応も学んでいた。後を付けられているとき、絶対にしてはならないのが大きく振り返って背後を確認することであった。

「気づかれたっ」

後を付けていた者にこちらがわかっていると教えることになり、より一層見つからないようにと息を殺される。

「…………」

小鹿はしっかりと前を見ながらも、背後を気にしていた。

「わからん」

しばらく進んでも小鹿は後を付けてきている者の姿を見つけることができなかった。

「大橋まで行けば……」

新町遊郭も堀に囲まれている。幅は狭く底も浅いものだが、それでも飛び越えることは難しい。

なにより橋の上は見通しがいい。

ここならば、渡ってから振り向くだけで、誰が尾行者かわかる。

小鹿は遊びで疲れた風を装いながら橋へと進んだ。

「…………」

昨夜の情事の名残を引きずるようなだらけた小鹿の背中を見つめていたのは、御用聞きとんぼりの御吉《ごきち》であった。

道頓堀《どうとんぼり》の北川岸を縄張りとすることからとんぼりとあだ名された御吉は、手下《てか》二人を連れて小鹿の十間（約十八メートル）ほど後ろを進んでいた。

「親分、大橋はどのように」

手下の一人が近づいた。

「さすがにばれるな」

「おそらく」

とんぼりの御吉のため息に手下が首肯した。

「申《さる》」

「へえ」

名前を呼ばれた手下が応じた。

「てめえ、先回りをしな」

「へい」

言われた申が足を速めて離れていった。

「石造《いしぞう》、てめえはおいらの顔を隠すように位置を取りな」

「……………」

無言でもう一人の手下が、とんぼりの御吉の前へ出た。

「これでごまかせたら御の字やけど……」

とんぼりの御吉が呟《つぶや》いた。

「まったく竹田の旦那も無茶言うわ。同じ町方同心、山中の旦那の後を付けて、誰と会うか見てこいなんぞ、虎を怒らせずに尻尾の毛をむしれというのと一緒やで」

思わずとんぼりの御吉が愚痴を漏らした。

朝の新町は賑わう。泊まりの客が仕事に出ていき、それを見送る妓が大橋まで一緒に歩くからであった。

「次はいつ」

「できるだけ早《はよ》くるがな」

「他の女にうつつ抜かしたら、許さへんえ」

「わかってる。おまえだけや」

昨夜の熱い遣り取りをそのまま大橋の袂《たもと》で見せつける。

大橋を渡ることが認められていない妓《おんな》としては限界まで客をつなぎ止めようとし、客は少しでも脂粉《しふん》の香を嗅《か》いでいたい。

「あいかわらずやな」

顔がさすというか、服装で町奉行所同心とばれる小鹿は、いつも妓と店の前で別れる。堂々と他人目をはばからないいちゃつきに、小鹿が苦笑した。

「これでは、見通しが悪すぎる」

橋の手前が大混雑でとても人を見分けることなどできそうになかった。

「急ぎやすんで、ご免なはい」

苦い笑いを浮かべた小鹿の横を尻端《しりは》折《しょ》りした若い男が抜き去っていった。

「……あれは」

小鹿はその男に引っかかった。

「あれだけの人のなかを、他人に当たらず抜けてくるだと」

すっと小鹿の表情が変わった。

気に入った妓と最後の別れを楽しんでいるところに、身体を割り入れられていい気な男はいない。

「なにさらすねん」

「気いつけ」

「大事ないか」

男としては妓に男らしいところを見せたいという見栄《みえ》もある。かならず、当たられれば声をあげた。

それがなかった。

「御用聞きか」

小鹿が目処《めど》を付けた。

「和田山だな」

御用聞きとはいえ、町奉行所の者を仲間の尾行に使う、それができるのは、町奉行所を取り仕切る筆頭与力、その指図でもなければまず無理であった。

「誰から十手《じって》を預かっている」

御用聞きにはかならず十手を預けられる旦那と呼ばれる与力、同心がいた。

「和田山の手下ではないな」

一時は義理の親子として交流があった。小鹿は和田山が使っている御用聞きの顔を知っていた。

「……ならば確かめるまでよ」

小鹿は御用聞きと目算を付けた男の後を逆に付け始めた。

「ここらで親分を待つとするか」

先行しろと言われたからといって、どこまでも歩き続けるわけにはいかない。途中で小鹿が足を止めたり、辻を曲がったりすれば先行している意味がなくなる。

「山中の旦那は……」

後ろを振り向いた手下の申《さる》が息を呑んだ。

「てめえは誰の手下だ」

いつの間にか小鹿が背後に迫っていた。

「な、なんのことでござんしょう」

申がごまかそうとした。

「拙者の後を付けていたな」

「そんなことはしてまへんで」

もう一度問い詰められた申が首を横に振った。

「同心をなめるな」

小鹿が凄《すご》んだ。

「ひっ」

御用聞きや手下は町奉行所の役人があってこそなりたつ。町奉行所役人が背後にいるからこそ、十手を振り回すこともできるし、大店や町内から気遣いの金を受け取れる。

「その面《つら》に覚えがある。てめえの旦那は誰だ」

「それは……」

申が答えを渋った。

「ならばこうするのみ」

くんと小鹿が膝を落とし、申の後ろ襟《えり》と帯を摑んだ。

「……えっ」

対応できなかった申が、気づいたときには地面に倒されていた。

「…………」

懐から鉤爪《かぎつめ》の付いたひもを取り出した小鹿が、申を縛った。竹内《たけうち》流小具足《こぐそく》であった。

「な、なにを」

身動きのできなくなった申が、啞然とした。

「すいやせん」

少し離れて見ていたとんぼりの御吉が、騒ぎだと足を止めた野次馬のなかから姿を見せた。

「鴨の入れ首、小襷縄《こだすきなわ》の技だが」

ひもの片端を持った小鹿が答えた。

「そうではなく、なぜそいつが捕まるんで」

とんぼりの御吉が問うた。

「町奉行所同心に手向かいをいたした」

「親分、そんなことはしてないです」

転がったままで申が否定した。

「とんぼりのおめえの手下か」

知っている顔に小鹿が確認をした。

「……へい」

配下の失言を受けて、渋々とんぼりの御吉が認めた。

「なぜ後を付けた」

小鹿が厳しくとんぼりの御吉を問い詰めた。

「付けてなんぞ、おりやせん」

とんぼりの御吉が否定した。

「そうか。てめえは右真から十手を預かっていたな」

「ご存じで……」

言われたとんぼりの御吉が苦い顔をした。

「いつも絡んでくる右真の後ろにいたろうが。そのまずい面を忘れるわけはない」

「すいやせん」

旦那ではないとはいえ、同心は御用聞きよりもはるかに格上になる。とんぼりの御吉が小さくなった。

「……ほれ」

手にしていたひもの端をひねるように振るだけで、中の縛《いまし》めは解けた。

「よろしいんで」

見逃してくれるのかととんぼりの御吉が喜色を浮かべた。

「直接右真に苦情を入れる」

とんぼりの御吉に命じた竹田右真へ文句を付けると小鹿が告げた。

「そいつはご勘弁を」

さっととんぼりの御吉が顔色を変えた。

役目を果たせなかっただけでなく、露見までした。これはとんぼりの御吉の不始末になる。

「十手を返せ」

竹田右真はまだ若い。とんぼりの御吉も退いた父から引き継いだだけで、情があるわけでもない。

待ってましたとばかりに解任するわけではないが、己にもっと利をもたらす男に十手を預け直す可能性は高かった。

「お話しをしやす」

とんぼりの御吉が折れた。

第三章　貸す貸さない

一

老中阿部豊後守正武《あべぶんごのかみまさたけ》は、中山出雲守から送られてきた書状を手に苦い表情を浮かべた。

「……怪しいの」

阿部豊後守が宙を見るようにしていった。

「なにか」

隣で筆を走らせていた奥右筆《おくゆうひつ》が顔をあげた。

「…………」

無言で阿部豊後守は書状を奥右筆に渡した。

「拝見いたしても」

受け取った奥右筆が念のために確認した。

「読め」

短く阿部豊後守が許可した。

「……………」

奥右筆が書状に目を落とした。

読み終わるのを待っていた阿部豊後守が奥右筆に問うた。

「いけるか」

小さく奥右筆が首を横に振った。

「難しいかと」

奥右筆は五代将軍綱吉によって新設された役職であった。

「このままでは執政どもを押さえられぬ」

五代将軍となるにあたり、綱吉には理想があった。兄家綱が病に伏し、嫡子《ちゃくし》もいない状況で次代の将軍の座が綱吉の手に届くところまで来た。

「よきにはからえ」

「雅楽頭《うたのかみ》に任す」

政に興味を持たなかった家綱は、大政を大老酒井《さかい》雅楽頭忠清《ただきよ》に預けた。

もちろん、将軍あっての大政委任ではあるが、人というのは名ばかりのものより実権に集まる。結果、幕閣は酒井雅楽頭の顔色を窺う者ばかりになった。

「このままでは鎌倉《かまくら》の二の舞を演じることになる」

かつて源頼朝《みなもとのよりとも》が開いた鎌倉幕府は、御台所政子《みだいどころまさこ》の実家北条《ほうじょう》家を執権《しっけん》としたことで崩壊した。もちろん鎌倉の幕府は続いたが、将軍は源氏《げんじ》ではなくなり、京から連れてこられた名ばかりの宮将軍が受け継いだ。結果、天下の武士たちの忠誠は将軍ではなく、北条氏へと向けられることになった。

綱吉は執政が第二の北条氏になることを怖れ己が将軍となったとき、親政をおこないたいと考えていた。

いろいろと紆余曲折《うよきよくせつ》はあったが、五代の座を巡る政争は綱吉が勝利した。酒井雅楽頭は幕府閣僚から去ったが、まだ他にも老中はいる。

さらに綱吉を将軍に就けるときに多大な功績をなした堀田筑前守正俊《ほったちくぜんのかみまさとし》へ褒賞として大老へ任じている。

ここで無理矢理執政から権力を奪うまねは、堀田筑前守の功績を潰し、敵対することに繋がる。

将軍となったばかりの綱吉には、そこまでの力はなかった。

「政に詳しい者を連れていく」

綱吉は館林《たてばやし》藩主から将軍になるとき、あまり目立たないようにと身分の高い役人を避けて身近で使っていた右筆を供とした。

それが奥右筆の始まりであった。

「これは過去に……」

「先日のものと矛盾いたしておるように見えまする」

綱吉、すなわち将軍直属となった奥右筆たちは、かつての筆記係でしかなかった表右筆を凌ぐ権力を与えられた。

老中をはじめとする役人たちの持ちこむ案件を精査し、それを綱吉にあげられるかどうかを奥右筆は判断した。そのために奥右筆に選ばれた者は、右筆部屋に保管されていた過去の書付のすべてを精読し、前例に通じなければならない。それができた者だけが、奥右筆となれた。

まさに精鋭、優秀な旗本だが、その格は低く、城中での式次席は馬医者の下とされたのは、それだけ幕府は新設の役目に厳しい。当時の綱吉には、それ以上の権限がなかったのだ。

やがて城中で五代将軍就任の最大功労者であった堀田筑前守が刺殺され、綱吉の頭を押さえられる人物がいなくなった。

「ご苦労であった」

「後は茶でも楽しむがよい」

綱吉は次々と言うことを聞かない執政たちを辞めさせ、

「そなたに加判を命じる」

「御用部屋にて躬《み》を助けるよう」

指示に従う者を老中とし、幕政を把握した。

ここに綱吉の親政はなった。

その結果、老中のみが出入りできる御用部屋に綱吉の目である奥右筆の席が設けられ、老中にそれぞれ一人ずつの奥右筆が側に着くようになった。

老中の諮問《しもん》に答えるためとされているが、いうまでもなく表向きの理由であり、実際は監視であった。

とはいえ、すぐ側にいる者を遠ざけたりはできなかった。

「なにやら企んでおる」

痛くもない腹を探られるだけでなく、

「余生を楽しめ」

引導を渡されかねなかった。

「なぜに難しい。慶長小判などの古金は御上へ差し出し、代わりに同額の元禄小判を受け取るとなっておろう。古金を密かに私することは御法度のはずじゃ」

阿部豊後守が、奥右筆に訊いた。

「豊後守さま」

奥右筆が筆を置いた。

「元禄八年（一六九五）に出された改鋳にかんするお触れはご存じかと」

「うむ」

確認した奥右筆に阿部豊後守が、うなずいた。

「その第二にあるのが、これでございまする」

まるで用意していたように奥右筆が、書付を阿部豊後守へと差し出した。

「金銀吹直し候に付、世間人々所持の金銀、公儀へ御取上被成にては無之候。公儀の金銀、先吹直させ候上にて世間へ可出之、其時に至り申渡すべき候事。世間の者どもが所持している古金を取りあげるのではなく、公儀が古い金を新しいものへと吹き直し、同額を引き渡す。一時的な預かりであるゆえ、安心いたせということであろう。

これがどうかしたのか」

音読した阿部豊後守が、奥右筆へと書付を返した。

「期日がございましょうか」

「……期日」

言われた阿部豊後守が、もう一度書付を手に取った。

「ないの」

三度ほど読み直した阿部豊後守が、書付から目を離した。

「ございませぬ。つまりは古金を幕府へ差し出すのは、いつでもよいのでございまする」

「いつでもよいなど……五年先、十年先、いやそれこそ百年先でもかまわぬというか。これでは穴がありすぎじゃ」

阿部豊後守が、あきれた。

「では、期日を設けられまするか」

「公方《くぼう》さまのお言葉に従わぬ者が出るのは、どのような場合でもあってはならぬ」

尋ねた奥右筆に阿部豊後守が、強く言った。

「となりまするると、期日までに間に合わなかった者への罰も取り決めねばなりませぬ。なにもなしというわけには参りませぬし、なによりまずいつまでと日限を定めなければなりませぬ」

「調整せい」

実務は執政のするところにあらずと、阿部豊後守が奥右筆に丸投げをした。

「承知いたしましてございまする」

上司《こうべ》の命には諾《だく》以外はない。これが役人として無事に続けていくこつである。奥右筆が頭を垂れた。

「ただ……」

「なんだ」

引き受けさせて安堵した阿部豊後守が、奥右筆の口から出た条件があるという発言に眉をひそめた。

「公方さまのお名前で出た触れに補足をなすとなりますれば……」

奥右筆が阿部豊後守を見上げた。

「……あらためて公方さまのお許しを得なければなりませぬ。それはわたくしめごときでは適《かな》いませぬゆえ、豊後守さまにお願いをいたすこととなりまする」

「……………」

当然のことであったが、今気づかされたと阿部豊後守が黙った。

「金のことでございますれば、まずは勘定奉行の荻原近江守《おぎわらおうみのかみ》さまへお話を持っていかねばなりませぬ」

荻原近江守重秀《しげひで》は勘定筋の旗本であった。過去の勘定奉行たちが、殖産振興、新田開発、質素倹約などの施策をもって幕府財政を好転させようとしたのに対して、荻原近江守は金の改鋳という即座に効果の見えるやり方をみせた。

百枚の小判が、百三十枚になる。吹き替えの手間などがかかるため、実際は百二十五両ほどだが、それでも倹約などと違って、結果がすぐ出るうえ形として見られる。

「見事なり」

綱吉は荻原近江守を賞賛した。

以降、幕府で金のことをするとなれば、荻原近江守を通じなければならなくなった。

「その後、咎めを定めるとなりまするると町奉行だけでは足りませぬ。なかには武士も、僧侶もおりますれば」

幕府は役目を細かく分断している。まったく連絡がないというわけではないが、それでも横の融通は利きにくい。

今回は民を管轄する町奉行、大名、旗本を監察する目付、僧侶、神官を見張る寺社奉行は最低限要った。

「大名どもの家中となりますると、そこに留守居役どもも加えなければなりませぬ」

留守居役とは、大名家における外交を担う者であり、藩でも指折りの交渉上手が務める。基本は幕府の指示通りに動くが、なかなか一筋縄ではいかなかった。

「急いだところで一年はかかるかと」

役人にとって、もっとも面倒なのが役目と役目の調整であった。それも二つの役目だけならば、互いに妥協点を探すことはできるが、三つをこえるとまずどれもが納得する条件は見つけられなかった。

奥右筆がその面倒さを淡々と続けた。

「その後で豊後守さまに公方さまへお願いをしていただくことになりまするが……もし、調整をすませた町奉行なり、寺社奉行なりが離任いたしました場合、また一からやり直しになりまする」

「うっ」

阿部豊後守が、嫌そうな顔をした。

己が着任する前のことに文句を付けてもしかたないのだが、それをしたがるのが小役人であった。

「聞いておらぬ」

「反対はせぬが、もう一度経緯を含めて説明をいただきたい」

はっきり言って嫌がらせでしかないが、それをする者がいることは事実であった。

「……しばし、このことは止める。検討を十二分にせねばならぬ」

阿部豊後守が、先ほどの指示を取り消した。

「じつをわかってない」

「言えば動くと思っておる」

やらされるほうとしては面倒なだけなのだ。取り消してくれるとありがたいのはまちがいないが、たとえ一時でもその面倒をしなければならないという負担が頭のなかに生まれたのは確かなのだ。

小役人ほどこういったことを根に持つ。

「準備だけは進めておきましょうや」

だからといってまったくの否定となると言い出した阿部豊後守の傷になりかねなかった。

「であるな。慌てずともよい」

面目を立たせてくれた奥右筆に阿部豊後守が応じた。

「淀屋のことは……」

「今はなにもせぬことにいたす」

奥右筆の念押しに阿部豊後守が様子を見ると逃げた。

二

あまりに大きな金は、力を超える。

淀屋の影響力は、大坂だけでなく江戸にも及んでいた。

「金を貸してくれぬか」

西国から畿内、四国、九州、越前、美濃、近江、尾張の大名たちは、淀屋に頭を下げなければ、藩政をやっていけなかった。

「お貸ししてもよろしゅうございますが、なににお遣いで」

淀屋重當が、近江に領地を持つ譜代大名の大坂留守居役に借金してなにをするのかを尋ねた。

借財を申し込む。この段階で藩としてまともではないとわかる。たしかに物価の高騰に対応できない収入というのが、今の大名たちの基本的な姿であった。

人が生きていくうえで必須の米は、幕府の統制を受け、よほどの凶作でもなければ値が上がらない。上がったところで凶作では、穫れ高が少なくて儲かるところまではいかないのだ。

それに対して、物価は上がり続けている。米以外の野菜、魚、衣料などはそれこそ毎年高値を記録していく。

さらにそれに連れて賃金も増える。一日働いて喰えないような賃金では誰も仕事をしなくなる。

ものと賃金。これらは幕初から見ると倍とまではいかないが、一倍半は余裕で超えていた。

変化しない年貢を主たる収入とする大名たちが、この変化に耐えられるはずはなかった。

もちろん、大名のなかには、年貢以外の収入に目を付けて増収を図ったところもある。陶器や漆《うるし》、食材の加工など領内での殖産振興に成功したり、河川や湊《みなと》などに運用の税をかけて金にしたり、そういった大名は、借財をせずともすんでいる。

他にも贅沢を戒め、収入は増えないが、支出を減らして、なんとか借金は免れているところもある。

だが、これらは少なかった。

ほとんどの大名は、勘定ができなかった。「百の収入で百二十使う」をただ繰り返してきた。

目の前に座っている大坂留守居役の主家も、その一つであった。

「うむ。じつは当家の殿が、このたび御老中になられる」

「……淡路守《あわじのかみ》さまが御老中さまに。それはおめでとうございまする」

自信満々に告げた留守居役に、淀屋重當は一瞬唖然となりながらも、しっかり祝いを述べた。

「めでたきことである」

留守居役がうなずいた。

「ついては就任の挨拶金などが要る。それを貸してもらいたい」

よほど格の低いものを除けて、老中だけでなく、幕府のお役に就いたときは、親しい大名、仕事での関係ができる役人たちにそれなりの品を贈る習慣があった。

その費用を留守居役は淀屋に出して欲しいと言ってきたのである。

「おめでたいことでございますれば、お貸しするにやぶさかではございませぬが

「……」

淀屋重當が留守居役の顔を見た。

「……失礼ながら、淡路守さまはご襲封以来、無役でいらしたと存じておりますが」

今まで奏者番、寺社奉行、若年寄、側用人、大坂城代、京都所司代など老中に至る階段を、一段も昇ったことはないはずだと、淀屋重當が確認した。

「むっ。たしかに今までは無役であられた」

ちらと眉間にいらだちを見せた留守居役が認めた。

「それがどうした」

「まことであられるならば、大抜擢でございます」

問題あるのかと言い返した留守居役に、淀屋重當が頭を軽く下げた。

「御上からご内命が」

「…………」

念のために問うた淀屋重當に留守居役が黙った。

「藤原《ふじわら》さま」

淀屋重當が返答を求めた。

「殿が老中になると言われた。それでなんの不満がある」

「なにを……」

開き直った留守居役に淀屋重當があきれた。

「殿には天下を預かるだけのご器量がある。その殿が老中になると願い出れば、御上も受けられるはず」

「はああ」

淀屋重當が大きく嘆息した。

「それではご就任の挨拶はまだ不要でございますな。お決まりになってから、あらためてということにさせていただきましょう」

「ま、待て」

冷たく借金を断ろうとした淀屋重當に、留守居役が慌てた。

「まったく話がないというわけではないのだ。天下の中央にお近い方から、お話があったのだ」

「どのようなお話かお伺いしても」

留守居役の話に、眉唾物だとの態度を露骨にしながら、淀屋重當が訊いた。

「まことに無礼ではあるが、今の御上はお金に窮されている」

「………」

無言で淀屋重當が、留守居役を促した。

「そこで二万両を献じることができた者を、功績として認め、加判の列にお加えになるとのご諚《じょう》である」

「二万両……」

留守居役の出した金額の少なさに淀屋重當が驚いた。

「すさまじい金額であろう。だからこそ、加判の席にふさわしい」

加判とは幕府が出す法度や書付に、名前と花押《かおう》を入れることが許される者のことであり、藩では家老、徳川家では老中のことを指した。

「御上から直接そのお話が淡路守さまのもとへ」

「いや、間に入るお方がおられる」

本当かどうかを見極める質問を淀屋重當がした。

「……言えぬ。約定《やくじょう》である」

留守居役が苦い顔で拒絶した。

「疑わしいとしか考えられませぬが」

欺されているぞと淀屋重當が助言をした。

「それはない。あのお方がそのような下卑《げび》たまねをなさるはずはない」

「……はあ」

盲信している留守居役に、淀屋重當がため息を吐いた。

「では……」

淀屋重當が背筋を伸ばした。

「二万両をお貸しするにふさわしい形をお預かりいたしたく存じますが、よろしゅうございましょうか」

「形など不要であろう。老中になれば二万両など一月《ひとつき》もかからずに集まるのだぞ」

「ご老中さまのお手当が、それほど大きかったとは知りませなんだ」

「なにを申す。老中になれば、いくらでも頼み事をする者が集まってこよう。その者たちが手ぶらで来ることはあるまい」

「白絹では、とても二万両までは参りませんが」

「白絹は表向き、その下には大判が敷き詰められている。そなたもわかっておろうに」

留守居役がとぼけるなと淀屋重當に笑いかけた。

「…………」

淀屋重當は真剣な眼差しで、留守居役を見つめた。

「急いでもらいたい。老中の座は奪い合いらしく、すでに三人から手配が入るとの話が来ているということじゃ」

「早い者勝ちでございますか」

急かす留守居役に淀屋重當がますますあきれた。

「お客さまが、お帰りだよ」

淀屋重當が声をあげた。

「はい」

外で聞き耳を立てていたかのように、すぐ襖が開いて番頭が顔を出した。

「えっ」

留守居役が唖然とした。

「お金はお貸しできませぬ」

「な、なにを言うか。老中だぞ、老中」

断った淀屋重當に、留守居役が大声を出した。

「そうじゃ、殿が老中になられたとき、そなたの願いを一つ聞こうではないか」

「わたくしの願いでございますか」

淀屋重當が興味を見せた。

「ああ、なんでもよいぞ。天下の米はすべて淀屋が扱うなどどうだ」

留守居役が乗ってきたなとばかりに壮大な話を口にした。

「願いは一つでございますよ」

すっと淀屋重當が表情を消した。

「今後は当家へのお見えはご遠慮願います」

「……はあ」

予想外の返答に、留守居役が間の抜けた顔をした。

「後は頼んだよ、仁右衛門」

「承知をいたしました」

番頭の牧田仁右衛門が頭を下げた。

「…………」

「どうぞ、こちらへ」

牧田仁右衛門が、留守居役に帰れと手を向けた。

「と、当家を敵にすると」

「敵にするわけではございませぬ。敵ならば、わたくしどもに損害が出ないように、なにかしらの対応をせねばなりません。それさえ不要」

蒼白になった留守居役に、敵にさえなれぬ、路傍《ろぼう》の石と同じだと淀屋重當が冷酷に告げた。

「そ、そなたっ」

留守居役が激して、刀の柄《つか》に手をかけた。

「家を潰されますか」

淀屋重當が冷笑した。

「商家の店のなか、無礼討ちは通りませんよ」

無礼というのは、他に誰かが見ているからこそ成り立つ。密室でどのようなことがあっても、それを証明する者はいない。

「不埒《ふらち》な者を討つだけだ」

「それを世間では人殺しというのですよ。はばかりながらこの淀屋、天下の台所を預かっておると自負しておりまする。その淀屋を不埒者として斬った。さて、大坂城代さまは納得なさいましょうか。お目付さまはいかがですか」

「うっ」

大坂城代と目付の名に留守居役がたじろいだ。

「なにより、先ほどのお話が真実《まこと》だとして、家臣が金のもめ事で商人を斬り殺した大名をご老中さまに推薦なさいますか。いや、その前にわたくしを殺してしまえば、二万両は借りられませぬな」

淀屋重當が冷笑を浮かべた。

「…………」

「お立ちを」

腑抜《ふぬ》けたような留守居役を、牧田仁右衛門が押し出すようにした。

「……旦那さま」

まもなく牧田仁右衛門が戻ってきた。

「帰ったかい」

「はい。さすがに塩は撒いておりませんが」

訊いた淀屋重當に牧田仁右衛門が苦笑した。

「馬鹿なのかねえ」

「世間知らずなのでは」

首をひねる淀屋重當に牧田仁右衛門が応じた。

「ほどがあるだろう。どう考えても御上が老中の地位を金で売るはずがない」

淀屋重當が首を横に振った。

「他人を欺《だま》す者は、欺されやすい者にしか話を持っていかないと聞きまする」

「それでも二万両はない。二十万、いや五十万両ならばもう少し真実味もあるが」

「五十万両を出せる者は、権威を欲しがりますまい」

牧田仁右衛門が述べた。

「それで買えるなら、老中になりたい。老中になれれば、淀屋を、息子を守れるじゃないか。そのためなら五十万でも百万でも出す。はははは　はっ、夢だな」

「……旦那さま」

寂しそうに笑う淀屋重當を牧田仁右衛門が痛ましげな目で見た。

「仁右衛門」

「どうぞ」

ふたたび冷徹な商人の顔に戻った淀屋重當に、牧田仁右衛門も姿勢を正した。

「気を付けておくれ。どうやら、この話には裏が、続きがありそうな気がする」

「はい」

牧田仁右衛門がしっかりと首肯した。

淀屋重當と牧田仁右衛門しかいなかったはずなのに、この話は漏れた。

「老中を相手に喧嘩を売った」

それどころか話は形を変えていた。

「どこで聞いてきたのかい」

牧田仁右衛門は、噂を持ちこんだ淀屋の奉公人へ問うた。

「昨日、湯屋《ゆや》で」

奉公人が答えた。

幕府は武家、僧侶などを除いた民に風呂の設置を認めていなかった。一度火がおこると城下を焼き尽くす大火になりやすいためというのもあったが、そのじつは風呂は贅沢だからであった。

といっても実際は、家族が入るくらいの内風呂は黙認されている。ただ、奉公人などが大量に入浴できる大風呂はだめであった。これは大坂城代を金で飼っていると、陰口をたたかれている淀屋も同じであり、奉公人たちは仕事を終えた後、近隣の湯屋へと向かうのが常となっていた。

もちろん、その湯屋には淀屋の奉公人以外も来る。

もともと湯屋は、交流の場であった。夏場は当然、汗を掻かない冬でも皆、湯屋に足を運ぶ。湯屋代が出せないほど貧しいか、あるいはそのぶんも酒に変えてしまうような連中は別だが、力仕事の人足でも毎日身体を洗う。

これは不潔だと仕事にあぶれやすくなるからであった。

「臭いな」

仕事を求めに行ったところで嫌な顔をされる。

「商品にかざがついたら、かなわんわ」

上方では、臭いのことをかざと称する。米や衣類を扱う店は、とくに嫌がる。

「うろんやな、ちょっと来いや」

汗臭いだけで御用聞きに目を付けられる。

とにかく不潔にしていては、碌《ろく》な目に遭わない。

「嫌や、触らんとって」

なにが大きいといって、新町へ揚がったときに妓から鼻をつままれて逃げ出されるのだ。

人足たちも湯屋には足繁《あししげ》く通う。

「そうかい。ご苦労だったね」

牧田仁右衛門が奉公人たちを解放した。

「……なるほどね」

報告を受けた淀屋重當が目を閉じた。

「あの馬鹿だね」

「まずそうかと」

淀屋重當が先日の留守居役だなと断定し、牧田仁右衛門も同意した。

「断られた腹いせ……か」

口の端を淀屋重當が吊りあげた。

「売られた喧嘩は買うよ」

「買いましょう」

淀屋重當の言葉に牧田仁右衛門が首肯した。

三

淀屋の噂は、小鹿の耳にも聞こえていた。

「……御老中さまと敵対した。あの淀屋が」

小鹿は怪訝な顔をした。

豪商といわれる人物は、大なり小なりときの権力者と手を組んでいる。組まなければ、大きくなれないからである。なにせ権力者には金より強いものがある。

「ならぬ」

「触れを発する」

許認可はもちろん、いつでも新たな法度を作って、商いを縛ることができる。

「よしなに」

「なにとぞ、このままで」

それをわかっている商人は、権力者と誼《よしみ》を通じ、被害に遭わないようにしている。

その最たる者が淀屋なのだ。

「お耳に入れておくか」

小鹿は己の役目をよくわかっていた。

「……………」

報告を受けた中山出雲守は、しばし考えこんだ。

「では、わたくしめはこれで」

こういったとき、下手に長居すると面倒な指示を出されたりする。小鹿にもそれくらいはわかっている。

小鹿がさりげなく辞去しようとした。

「待て」

「……なにか」

すっと目を細めた中山出雲守に、小鹿が嫌な予感を覚えた。

「どこから出た噂なのか、調べて参れ」

「皆にも……」

「ならぬ」

大坂の噂の出所を探る。とても一人でできることではない。小鹿は助力を求めてよいかと尋ねたが、中山出雲守に一蹴された。

「そなた以外の者に話したら、どうなるかくらいはわかってるな」

中山出雲守の目つきは鋭かった。

「……………」

今、増し役の中山出雲守に付けられた与力、同心が誰の手のものかなど言わずともわかっている。個人的な確執がある小鹿以外は、すべて東町奉行所筆頭与力和田山内記介の息がかかっていた。

「一人ではとても……」

素直に無理だと小鹿が首を横に振った。

「五日やる。その間にできるだけ探れ。叶わなかったとしても咎めることはせぬ」

失敗しても怒らないと中山出雲守が保証した。

「五日でございますか……」

どう考えても足りない。小鹿が渋った。

「それ以上だと、他の者も気づく」

期限が短い理由を中山出雲守が語った。

「できるかぎりでよい」

重ねて中山出雲守が小鹿に指示した。

「……承知いたしました」

そもそも町奉行、直接の上司の命に否やを言えるはずはない。

小鹿がうなずいた。

「そういえば、そなたは淀屋と会ったことがあったな」

「一度だけ」

確かめた中山出雲守に小鹿が応じた。

「新町を借り切るなど、愚かなまねをしているそうだが、どう見た」

中山出雲守が淀屋重當の人物について問うた。

「遊んでいるのは息子の淀屋廣當のほうでございまする。もちろん、父親の重當もときどき新町に出かけるそうですが、妓目当てではなく大名家の蔵屋敷用人などを接待するためだとか」

「淀屋ほどになっても、まだ接待をせねばならぬのか。それこそ、用人たちが頭を下げて酒を注ぎ、借財を頼みこむものだと思うが」

小鹿の説明に中山出雲守が首をかしげた。

「理由はわかりませぬが、そうしないと蔵屋敷を思うように操れぬのではございませぬか」

「用人は主ではない……か」

憶測を述べた小鹿に中山出雲守が納得した。

「あの……」

中山出雲守の呟きに、小鹿が遠慮がちに口を開いた。

「ああ、意味か。簡単なことよ。用人も家臣であるからな。藩のつごうで国元や江戸表へ異動させられることもあるだろう。そうなると空いた席に、大坂蔵屋敷勤めで淀屋と面識がある者ならいいが、国元や江戸表から初見の者が来るやも知れぬ。そやつが堅物でないという保証はあるか」

「ございませぬ」

小鹿が首を左右に振った。

武士は堕落した。というかもともと押領することで発展してきた本質が続いているだけなのだが、ありとあらゆるものを欲しがる、他人をうらやむ姿勢が強い。ようは、なんでも手に入れられる金に執着している。

だが、なかには武士は清貧こそ正しき姿だと信じこんでいる者もいた。

「なんだ、この金は」

そういった連中は、賄《まいない》を受け取らない。

「汚らわしい。余に触れるな」

どれほどの美姫《びき》にもたなびかない。

「そのようなことができるか」

当然、堅物は商人の要求する、世に言う融通を利かせてくれという願いを聞くことはなかった。

「今後、当家の敷居をまたぐことは許さぬ」

それどころか、出入り禁止を言い渡しかねない。

「いささか……」

「今後のおつきあいを考えさせていただきたく」

言うまでもなく、その手の堅物は藩にとってもよろしくはなかった。すぐに商人たちから苦情が出る。

「転じよう」

大坂商人に嫌われて、やっていける大名家など両手の指の数ほどで、残りは金額の多寡はあっても金を借りている。

すぐに堅物は更迭《こうてつ》されるが、それでも国元あるいは江戸表へ、商人が苦情を出して藩が調査してからになる。

商人の言いぶんを丸呑みするのは、藩士たちの不満に繋がる。なにせ、藩は金を借りているが、その恩恵は藩士たちに届いていない。

それどころか、藩士たちにしてみれば商人、とくに藩に金を貸し付けている大坂商人は敵であった。

「財政難につき、家禄の一部を借りあげる」

「思《おぼ》し召《め》しをもって、放逐する」

金がなくなった大名たちの多くが、まず支出を減らそうとする。

最初は藩士たちの禄を減らす。減らすというのは、さすがに過去の功績に対してよくないため、借りあげとの形を取るが、返す予定は最初からない。

さらにそれで足りなければ、藩にとって役立たずと断じた家臣を召し放つ。

どちらも藩士たちにとっては、たまったものではなかった。

「なぜでござる」

辞めろと言われたから、はいというわけにはいかない。なにせ、明日から武士でなくなるだけでなく、生活の糧である禄を失うのだ。放逐される家臣だけではなく、借りあげをされる藩士たちもその理由を家老たちに問う。

「米の稔《みの》りが悪い」

「お家の転封で金が……」

これはまだいい。

「いずれ藩が落ち着けば、きっと呼び戻す」

「年貢が回復すれば、借りあげは中止する」

口約束だが、望みがある。

「大坂商人へ借りた金を返さねばならぬのだ」

これは我慢できなかった。

まず、武士は商人よりも上だと藩士たちは思いこんでいる。その格下の者のせいで、己の生活が脅《おびや》かされた。

さらに借財は返せなければ、膨らみ続けると皆わかっている。なにせ藩士たちも生活のために金を借りているからである。

恩恵どころか、家禄を減らされてとなる。藩士たちが大坂商人のことを嫌うのは無理のないことであった。

そこへ藩でもまじめと評判が高かった者が、大坂商人との軋轢《あつれき》で更迭された。

「重職たちはなにを考えておられるのか」

「藩士を守らずして、なんの家老か」

突きあげが家老たちに向かう。

「こういった理由で」

「金を借りているのだ。多少は譲るべきではないか」

そのときに対応できるかどうかは、家老の試金石になる。

「なるほどに」

小鹿がうなずいた。

「わかったならば、急げ」

中山出雲守が小鹿に手を振った。

大坂東町奉行所からふたたび城下へ出ようとした小鹿を待ち構えている男がいた。

「おいっ」

門を出て少し、門番に話の内容が聞こえないぐらいの離れたところから、腕組みをした竹田右真が小鹿へ声をかけた。

「右真か」

露骨に小鹿が顔をしかめた。

「付いてこい」

竹田右真が背を向けて歩き出した。

「御用中や」

そう拒んで小鹿は反対側に足を進めた。

「待たんか」

空いた距離を駆けて竹田右真が、小鹿の肩に手をかけた。

「触るな」

「うるさい。黙って付いてこいや」

手を払った小鹿にいつもの小馬鹿にしたような話しかたではなく、竹田右真が命じるように言った。

「御用を邪魔するというなら、こっちも考えがある」

小鹿が竹田右真を睨んだ。

「少しでええ。頼む」

居丈高《いたけだか》だった竹田右真が、嘆願に変わった。

「なら、歩きながらでいいな」

同意を待たず、小鹿が歩き出した。

「ご用途は、出雲守さまのか」

「他に誰がいてる」

竹田右真の問いに小鹿があきれた。すでに小鹿は和田山内記介の手によって東町奉行松平玄蕃頭忠固の配下から追い出されていた。これはもう松平玄蕃頭の指示にも、和田山内記介の指図にも従わなくていいとの意味でもあった。

「そうやったな」

わずかに気まずそうな雰囲気を出しながら、竹田右真が目を伏せた。

「で、用事はなんや」

さっさと用件をすませと小鹿が竹田右真を急かした。

「あ、それや」

竹田右真が顔をあげた。

「とんぼりの御吉のことや」

「おぬしの手下《てか》やな」

やっぱりそれかと小鹿が竹田右真を睨んだ。

「出雲守さまに言うたんか」

「それが気になったか」

恐る恐るといった感じの竹田右真に小鹿があきれた。

「言うてへん」

「ほんまか」

否定した小鹿に竹田右真が身を乗り出すようにしてきた。

「近いわ。男に迫られてもうれしくない」

小鹿が竹田右真の身体を押すようにした。

「そうか、言うてへんかあ」

竹田右真が安堵した。

上司は違うが同じ同心同士、それがあらを探したというか、探索をしていた。これは外聞が悪いだけでなく、管轄外への手出しであった。

もし小鹿に疑いがあるならば、竹田右真は松平玄蕃頭に届け出て、そこから徒目付《かちめつけ》へと話を回さなければならない。監察は目付の職分であり、これを侵されることを目付は酷《ひど》く嫌う。

「あやつこそ、なにかあるのではないか」

「己の悪事を隠すために、我らの目を見当違いの者に向けさせたのだろう」

怒った目付たちは小鹿のことなど放置して、竹田右真を探り出す。

「どのような男だ」

このとき最初に目付の洗礼を浴びるのが、松平玄蕃頭になる。

「そのような指示を出してはおりませぬ」

大坂町奉行を経て、勘定奉行、あるいは江戸町奉行への栄転を狙っているとなれば、これは大きな失点であった。

「なにを考えている」

小鹿を調べさせた理由を松平玄蕃頭は追及され、

「まったくあずかり知らぬところ」

と首を横に振れば、

「部下の手綱も握れぬ、無能」

役立たずの烙印《らくいん》を押される。

こうなれば、松平玄蕃頭に出世はなくなる。

「なにをしてくれた」

その怒りは竹田右真にぶつけられることになる。

一応、一代抱え席である町奉行所同心の人事権は町奉行にはなく、筆頭与力にある
とはいえ、ただですむはずはなかった。また筆頭与力はかばってくれない。

「筆頭どのだな」

「…………」

後ろで糸を引いていたのは和田山内記介だなと問うた小鹿に、竹田右真が黙った。

「無言は肯定だ」

小鹿が嗤った。

「詫びをしたい」

竹田右真が条件を出してきた。

「……詫び」

今までの竹田右真からは考えられない態度に、おもわず小鹿は足を止めた。

「酒でも奢《おご》るというのか。それで水に流せと」

小鹿が苦笑した。

「とんぼりの御吉を預ける」

「…………」

竹田右真の言葉に、小鹿が困惑した。

「鹿之助《しかのすけ》、おぬしに手下はおらんよな」

「……ああ」

確認した竹田右真に小鹿がうなずいた。

かつて東町奉行所で唐物方同心をしていたころは、親から引き継いだ御用聞きがいた。

「未来《さき》のないお方には……すいやせん」

和田山内記介ともめて、金の入る交易品を検める唐物方から、空き屋敷の修繕箇所を探して回るという閑職中の閑職に回された小鹿に、御用聞きは見切りを付けて去っていった。

御用聞きに払う小遣い銭はせいぜい年に二両から四両、普請方でも払えない金額ではないが、旦那が力を失い後ろ盾として役に立たなくなると、縄張りでの幅が利かなくなる。

「わかった」

妻伊那の不義密通、義父との確執で疲れ果てていた小鹿は、引き留めることもせず、御用聞きを失った。

「おぬしはどうする」

御用聞きを貸し出してしまえば、竹田右真の動きは鈍る。いや、なにもできなくなる。

「おとなしくしておく。今、派手に動くのは……」

竹田右真が気弱に答えた。

「それに……いや、なんでもない」

言いかけて竹田右真が止めた。

「それでいいな。とんぼりの御吉は、今夜、おぬしの組屋敷へ行かせる」

言うだけ言って、竹田右真がそそくさと離れていった。

「そう長いことではない……そう言うつもりだったな、あいつ」

竹田右真が口にしなかった台詞《せりふ》を小鹿は見抜いていた。

「……なににしても人手は助かる」

小鹿は竹田右真の詫びを受け取った。

四

連日新町で遊ぶには、金が続かなかった。

最初から、今日は組屋敷で寝ようと思っていた小鹿は、町での聞きこみの予定を中止し、そのまま帰宅した。

「一人でするより、数人でかかるほうが効果的じゃ」

小鹿は、とんぼりの御吉との打ち合わせを優先した。

「筒抜けになるだろうがな」

貸し出す、譲渡ではない。とんぼりの御吉の旦那は、あくまでも竹田右真であり、小鹿は一時的に指示を仰ぐだけの相手であった。

「お出でやすか」

小腹の空いた小鹿が冷や飯の湯漬けを喰っているところへ、とんぼりの御吉が訪れた。

「今行く」

残っていた湯漬けを噛まずに流しこんで、小鹿が立ちあがった。

江戸町奉行所、京都町奉行所、大坂町奉行所の与力、同心の屋敷は一日中、門を開けていた。これは、手下の御用聞きがいつ来ても大丈夫なようにとなされていた。

というのも、目付ほどではないが、町方の役人にも手柄をあげたいという願望はあり、夜中に門を閉めていては、御用聞きたちは門を叩くか、大声をあげて気づいてもらうかしなければならなくなり、目立つからであった。

「馳走になってやす」

他にも御用聞きの手下たち、下っ引きが腹を空かせたときに気兼ねなく飯が食えるようにと、門を入ったすぐの小屋にお櫃《ひつ》と煮染《にし》めなどを用意しているという理由もあった。

なにせ町方役人は、御用聞きに十分な手当を払っていない。当然、御用聞きも満足な給金を下っ引きに出していなかった。

喰えないていどの金で下っ引きがよく続くものだと思えるが、それほど十手の権威は大きい。

「お願いしますよ」

「ご内聞に」

吹けば飛ぶような下っ引きに、商人たちが下手に出るのも十手の権威を怖れているからである。

「なんぞあるか」

下っ引きが店に来れば、

「おかげさまで、今はなにも」

商人たちは笑顔でそう言いながら、小銭を下っ引きの袂に落とす。

「いつもすまねえな」

これが下っ引きの稼ぎになった。

もちろんのこと、たいした金額ではない。飯を一回食って酒を一合も飲めば足りなくなるくらいでしかないが、下っ引きは文句を言わないし、集《たか》りに行くのも月に一度で我慢をする。

「少し……」

「そこまで気にしていただかなくとも」

しつこく集ると、さりげない商人からの苦情が、御用聞きに届く。

「ふざけるな」

「ええ加減にせんと、放り出すぞ」

聞かされた御用聞きは激怒する。

御用聞きとしては、大事な得意先に迷惑をかけた形になる。それこそ、己がもらう挨拶金や合力金が減りかねないのだ。

怒られないていどで辛抱していると、どうしても金がないときが出てきた。

他にも探索で走り回り、飯を食い損ねることもある。

こういったときのために、旦那と呼ばれる町方役人は、飯を用意し、いつでも食べに来られるように門を開けていた。

「悪いな」

同心と御用聞きでは身分に差があるが、とんぼりの御吉は借りもの、小鹿は少しとはいえ待たせたことを詫びた。

「ご勘弁を」

頭を押さえられたとんぼりの御吉にとって、小鹿の態度は居心地の悪いものであった。

「そうか。さて……」

小鹿が玄関に立ったままで話を始めた。

「お待ちくださいな。よろしいんで」

とんぼりの御吉が、いいのかと確かめた。

「竹田の旦那に話しやすすぜ」

「別段、かまわぬ」

堂々と口にしたとんぼりの御吉に、小鹿が返した。

「右真にしか、報告はせぬのだろう」

「そりゃあ、他のお方に恩はおまへんから」

とんぼりの御吉が口調を崩した。

「となると知るのは右真だけになるな」

「旦那が与力さまに……」

小鹿の言葉にとんぼりの御吉がそこから先があると言った。

「言えると思うか。筆頭与力どのの要請に失敗したんだぞ、右真は」

「より手柄をどうにかせんとお話ししはる気がしまっせ」

苦笑した小鹿に、とんぼりの御吉が首をかしげた。

「もし、右真が筆頭与力どのの耳に入れたとしよう。そうか、ご苦労とはならんぞ。筆頭与力どのは疑い深い。右真の持ちこんだ情報の出所を問いただすぞ」

「それがなにか」

とんぼりの御吉が一層首をひねった。

「話せるか、おめえをおいらに貸しましてと。右真とおいらの仲が悪いのは誰もが知っている。その右真が手下を貸し出した」

「あっ……」

言われたとんぼりの御吉が気づいた。

「そうや。貸した原因となった失敗をしゃべらなあかんようになる」

「しはりませんわ」

親の代からの付き合いである。とんぼりの御吉は竹田右真の性格をよく知っていた。

「ということや。では、あらためて……」

納得したとんぼりの御吉に、小鹿が用件を話した。

「その噂やったら、今朝方《けさがた》耳にしましたわ」

「さすがやな。腕利きと言われるだけはある」

応じたとんぼりの御吉を小鹿が褒めた。

「それこそ勘弁ですわ。こっちはそういう話があると世間話のついでに町内のお方はんから聞いただけ」

とんぼりの御吉がとんでもないと、手を振った。

「気にしたか」

「いいえ。このていどの悪口とまでいかへん噂は、しょっちゅうですよって。とくに淀屋はんは、天下一の金満家。妬《ねた》み嫉《そね》み、恨みを受けてもしかたおまへん」

そのときどう思ったかと問うた小鹿に、とんぼりの御吉が首を横に振った。

「当たり前か」

小鹿が眉間にしわを寄せた。

「なんぞ、気になることでも」

とんぼりの御吉が尋ねた。

「いつもの淀屋の悪口というのは、どんなんや」

「淀屋はんの悪口でっか……」

訊かれたとんぼりの御吉が思案に入った。

「多いのは、やはり金のことですな。淀屋から金を借りた者が、返せずにすべてを失ったというやつ」

「金を返せなければ、弁済するのは当たり前のことやろうに」

とんぼりの御吉の話に小鹿があきれた。

「まったくその通りですねんけど、なかには……その家の娘に目を付けた淀屋がわざと金を貸し付けて、後日商いの邪魔をして借金返済でけへんようにしたと」

「自作自演かあ、それがほんまやったら、恨まれて当然やな」

小鹿が嘆息した。

「そんなわけないとご存じで」

少しだけとんぼりの御吉の目が大きくなった。

「ちょっと考えたらわかるやろ。金さえ出せば、後腐《あとくさ》れなく天下の美姫を好きにできる。新町はそんなところや。新町がありながら、その辺の素人娘に手を出してもめ事を招くようなまねをする意味はない」

女のことで店が傾いた例はそれこそ枚挙に暇《いとま》がないほどあった。そして女のこと、閨の話ほど人の興味を引くものはなかった。

「他には」

「あとはお定まりの金を儲けられているのは、御上が後ろにあるからやとかですなあ」

「軽いな」

「噂でっさかい」

とんぼりの御吉が苦笑いをした。

「相手にせんのが一番ええねんけどな。噂は」

「まったくその通りで」

小鹿ととんぼりの御吉が顔を見合わせて、ため息を吐いた。

「……その噂を気にされてな」

「増し役さまですか」

すぐにとんぼりの御吉が気づいた。

「焦ってはりますなあ」

とんぼりの御吉が肩を落とした。

「江戸から来てなにもなしで、無事でございましたはまずいんやろ」

小鹿は中山出雲守の真意を隠した。

「それでも噂みたいな得体の知れんものを探れとは……屁を捕まえてこいと言うのと一緒でっせ」

「それを言うたらあかんやろうが。上から言われたことはせんと」

とんぼりの御吉のたとえを叱りながら、小鹿はもう一度嘆息した。

「すんまへん」

悪いなどとは少しも思っていない顔でとんぼりの御吉が詫びた。

「とにかく、調べてくれ。五日だけだしな」

「わかりやした。それで竹田の旦那の借りは……」

「完済としてやる」

念を押したとんぼりの御吉に小鹿が告げた。

噂はまさに屁のようなものであった。音はするが捕まえることはできない。

毎日、小鹿は町を歩き回ってあちらこちらで聞き耳を立てたが、まったく何一つわかったことはなかった。

「あかんなあ」

四日目の昼過ぎ、徒労にやる気をなくした小鹿は、新町近くの茶屋で座りこんでいた。

「しおれたお方がと思えば、山中の旦那はんですか」

「堺屋どのか」

かけられた声に覚えがあった小鹿が、だるそうに顔をあげた。

「お疲れですなあ」

笑いながら堺屋太兵衛が隣に腰を下ろした。

「おちゃけと甘《あも》うないもんを二つ」

「茶碗酒と干鰯《ほしか》のあぶったのでよろしか」

堺屋太兵衛の注文に茶店の親爺が訊いた。

「十分や」

うなずいて堺屋太兵衛が、小鹿を見た。

「なにがおましてん」

「噂をご存じか」

小声で尋ねた堺屋太兵衛に小鹿が問うた。

「噂……どれですねん。いくらでもおますで」

「淀屋のや」

「ああ、あれですか」

堺屋太兵衛が思い当たると言った。

「老中に逆らったという奴ですやろ」

「それを出雲守さまがお気になされて」

「噂の相手はするな……上に立つお方のお考えはわかりまへんなあ」

小鹿の嘆きの原因を知った堺屋太兵衛が首を左右に振った。

「これなんやと思わはります」

堺屋太兵衛が手荷物を見せた。

「お主が扱うのだ。茶器やろ」

「ご名答」

答えた小鹿に堺屋太兵衛がおちょけた。

「……これですねんけどなあ」

風呂敷包みを拡げて、堺屋太兵衛が中身を出した。

「いいものなんだろう。おいらには爪の先ほどもわからんが」

「豊臣秀吉公ご使用の墨書きが付いてました」

「それはたいしたもんやな」

小鹿が目を大きくした。

「珍しいもんやおまへんで。織田信長さま、豊臣秀吉さま、三好長慶《ながよし》さまの墨書きはなんぼでも出てきますよって」

「えっ」

軽くあしらう堺屋太兵衛に小鹿が絶句した。

「怒られへんからですわ。これが神君家康公となれば、大事になりますやろう」

「御上が見逃さんな」

神君こと徳川家康の名前は幕府において神と同義になっている。その神の名前が使われているとなると、真偽から持ち主にいたるまで幕府は把握しようとする。

「この痴《し》れ者がっ」

もし家康の名前を騙《かた》ったものであれば厳罰が下るし、

「ご尊名のあるものを売り買いするなど論外じゃ」

金に換えようとした者は大いに叱られる。

しかし、織田信長や豊臣秀吉の名前に幕府はなにもしない。

「やりたい放題か」

小鹿があきれた。

「その噂も同じでっせ。御老中という噂ですやろ」

「誰との名前が出ていない」

そこまで言われて、小鹿が理解した。

「ほんまならば、ご老中の誰々さまにとなりますで。噂の信憑性《しんぴょう》が一気に高まりますよって。噂を流した奴が誰かわかりまへんが、万一出所がわかったときに逃げられるようにとのことですやろう」

「なるほど、なるほど」

小鹿は納得した。

「いやあ、助かった」

「これは貸しということで」

礼を言う小鹿に堺屋太兵衛が酒を勧めた。

堺屋太兵衛と酒を呑んだ小鹿は、組長屋でとんぼりの御吉を待っていた。

「もういい」

任の終了を宣するためであった。

「遅うなりました」

日が暮れてから、とんぼりの御吉が現れた。

「ご苦労やったな。まあ、喉を湿せ」

用意していたねぎらいの酒をとんぼりの御吉に出した。

「それどころやおまへん」

とんぼりの御吉が酒を断った。

「噂の出所がわかったのか」

終わったと思っていた小鹿が身を乗り出した。

「違いまっせ。そっちやおまへん。別の噂を耳にしまして」

「別の……」

小鹿が戸惑った。

今日噂なんぞ気にしなくていいとあらためて思い直したばかりなのだ。

「淀屋が、淀屋が……」

「落ち着け。淀屋がどうした」

慌てるとんぼりの御吉を小鹿が宥めた。

「慶長古金を集めて、それを鋳《い》つぶして新小判を造っていると」

「なにっ。淀屋が偽金《にせがね》造りに手を染めているだとっ」

小鹿が驚愕の声をあげた。

第四章　噂の真贋

一

とんぼりの御吉の表情が変化した。

「山中の旦那、まさか噂じゃないなどと言われるんじゃ……」

「……」

問われた小鹿は黙った。

「黙ったのは都合がお悪いからでっせ」

老練な御用聞きに、しっかりと見抜かれていた。

「右真に話すか」

「いいえ、旦那には言えやせんよ」

とんぼりの御吉が首を左右に振った。

「手柄になるぞ」

「ご冗談を。手柄なんぞより、命が大事でっせ。どれだけの大手柄でも、相手が淀屋では、割にあいまへん」

「淀屋相手は怖ろしいか」

「今でもちびりそうですわ」

挑発するような小鹿に、とんぼりの御吉が震えて見せた。

「右真はやりたがるぞ」

「させまへん」

言った小鹿に、強くとんぼりの御吉が返した。

「若旦那のことは先代より頼まれてますねん。なんとか無事に過ごさせてやってくれと。それで淀屋と敵対してどないします」

とんぼりの御吉が小鹿を見つめた。

「わかった。吾から右真にはなにも教えぬ」

「そうしてくだされば、助かりま」

ほっととんぼりの御吉が安堵した。

「貸し出しは明日までだな」

「そうですけど……まさか」

確認した小鹿に、とんぼりの御吉の顔色が変わった。

「安心しろ、淀屋を調べろと言うつもりはない」

「それやったら、断りまっせ。で、なにをさせたいんで」

とんぼりの御吉が尋ねた。

「今の噂がいつごろ、どこから出たかを調べてくれ」

「一日で……無茶でっせ」

無理だととんぼりの御吉が首を横に振った。

「偶然でいい。じっとしてたらなんも手に入れられへんけど、穴掘ったら小判が出るかも知れんやろ」

「……とんでもないお方ですなあ、山中の旦那は」

「筆頭与力を怒らせて、左遷させられるていどにはな」

小鹿が開き直って笑った。

「若旦那じゃ、勝てないはずですわ」

竹田右真のことを若旦那と呼びながら、とんぼりの御吉が苦笑した。

「いろいろあったからなあ。変わらなあかんようになった」

小さく小鹿が嘆息した。

「今の山中の旦那なら、奥さんのことも」

「いや、たぶん同じことをするやろう。さすがに嫁の不義密通を許せる気はせんわ」

小鹿が否定した。

「ですわなあ。わたいでも嫁が男くわえこんでたら、辛抱できまへんわ」

「だろう」

二人が顔を見合わせて、うなずきあった。

「明日の夜まででっせ」

「わかってる。それ以上になると右真に気づかれる」

念を押したとんぼりの御吉に小鹿が首肯した。

とんぼりの御吉を帰した小鹿は、一人になった組屋敷で茶碗酒を持って、縁側に腰をおろした。

蠟燭《ろうそく》は高い。数百石の武家でも使用をためらい、灯明《とうみよう》で我慢している。蠟燭をふんだんに使えるのは、よほど豪勢な檀家を抱える寺か、名前の通った商家くらいである。

余得を失った町奉行所同心だと、蠟燭どころか灯明でさえ、そうそう灯《とも》せなかった。

小鹿は日が落ちても眠れないときは、庭に面した縁側で月の光を灯りに過ごすようにしていた。

「……偽金造りをする理由はない」

淀屋が古金を使って、新小判を鋳造しているという噂を小鹿は信じていなかった。

偽金造りは、天下通用の大判、小判の信用を崩す。これは通貨を鋳造する権限を持つ幕府の権威を揺るがすことに繋がった。

「見つかれば、死罪改易だ。とても天下の財を集めたとまで言われる淀屋のすることではない。割が合わん」

淀屋の財は、幕府をこえると言われている。それを偽金造りで一倍半にしたところで、天下に通用する金ではない。

「色が……」

「刻印が薄いような」

淀屋から代金を受け取った商人や職人が一人でも疑問に思えば、そこから崩壊は始まる。

　小判を鋳造することを家康から預けられたのは、後藤庄三郎《ごとうしょうざぶろう》であった。京の象嵌師《ぞうがんし》だった後藤庄三郎の腕を見こんだ家康が、江戸へ招いて小判、大判の製造を命じた。といったところで、ときは文禄《ぶんろく》四年（一五九五）で、まだ家康は天下の主ではなかったため江戸で鋳造を独占することはできず、駿府、京、佐渡《さど》にも金座《きんざ》は設けられた。

　なぜか大坂は金座はなかったが、京にはある。

「これを見てもらえますか」

　わざわざ江戸まで送らずとも淀屋から受け取った小判を持ちこめば、すぐに結果は出る。

「偽金である」

　こう判断が出れば、勝負は勝ちであった。

「取引でもらった金のなかに混じってました。かなりの客と遣り取りがあったので、誰から受け取ったのかはわかりません」

「さようか。金は預かるぞ」

　適当にごまかせば、偽金一枚は取りあげられるが、そんなものはどうでもいいほどの幸運が待っている。

「淀屋はん、困りますなあ。おいたが過ぎますやろ」

脅せば、数千両は取れる。

「畏れながら……」

大坂町奉行所へ訴え出れば、いくばくかの褒賞を受け取れる。

「どう考えてもするはずがない」

小鹿の考えは揺らがなかった。

「では、誰が一体何のために……」

そこで小鹿は詰まっていた。

すでに淀屋にかんしての悪口は噂となっている。それを大きくするほうが、あらたにもう一つの噂を流して浸透させるよりも容易である。

「別人だな」

噂二つは、流したほうにしても取り扱いきれなくなる。

「最初の噂が後の噂を引き出したか、それとも、偽金の噂が静かだったのか」

ゆっくりと茶碗を口に運んだ小鹿が、少しだけ唇を湿らせた。

「偽金の話にも、どこで造っているなどの具体的なことは含まれていない」

小鹿が独りごちた。

「……わからん」

しばし思案したが、小鹿があきらめの言葉を口にした。

「こういったときは、さっさと寝るに限る」

小鹿が残っていた酒を干した。

「堺屋どのなら、別の意見も出よう」

そのまま小鹿は、縁側で横になった。


「あんなところで寝るものではないな」

背中の痛みに小鹿は顔をしかめながら、堺屋太兵衛の姿を探した。

堺屋太兵衛の住処《すみか》は知っているが、曰《いわ》く付きの茶碗や刀剣などの売り買いを仲介する、あるいは依頼を受けてものを探すという珍しい商いをしているだけあって、まず昼間は家にいない。

「唐物となれば、道頓堀の淡海屋《おうみ》だが……あそこはまっとうなものしか扱わぬ」

豊臣秀吉の大坂時代から、大坂の陣での焼亡を乗りこえた淡海屋はすでに四代目、押しも押されもせぬ老舗《しにせ》であった。

「さすがに新町ということはないか」

堺屋太兵衛が新町でよく遊ぶのは、廓内での妓や男衆の話を聞くためであった。

「皆、妓相手だと口が軽くなるようで」

にやりと笑った堺屋太兵衛の顔を小鹿はよく覚えていた。

「……気をつけねばならぬの」

小鹿は伊那によって女に不信感を植え付けられた。

「そろそろお馴染みをお作りになってはいかがで」

廓に行けば、揚屋の男衆が小鹿に勧めてくるが、

「香湖《かのこ》がおらぬなら、他の妓でいい」

いつもの妓がいなくても執着はしない。

馴染みになれば、妓に客が付いていても呼ぶことはできるし、あまりいいとはいえないが、他の客と閨をすませた後に小鹿のもとへ来る、回しということもしてもらえるようになる。

「こちらを用意いたしまして」

馴染みになれば、専用の夜着を用意してくれたり、茶碗、湯飲み、箸も別にしてもらえる。誰が着たかわからない衣服や、誰がなめたかわからない食器という気持ち悪

さがなくなる。もっともそれを言い出せば、妓を買うという行為自体がとんでもないことなのだが……。

「要らぬ」

それも小鹿は拒んでいた。

「いろいろな妓と遊びたいのでね」

小鹿と違った理由で堺屋太兵衛も馴染みを作っていなかった。

「楽しかったよ。またおもしろい話を聞かせておくれな。これは少ないけど鼻紙代だよ」

「おおきに」

堺屋太兵衛は商いのために遊郭を利用している。

馴染みの客でなくても気前がよければ、妓は歓迎してくれる。

「堺屋の旦さんは、気前がいい」

すでに堺屋太兵衛が心付けをくれることは新町に広がっている。

「百両の儲けのために、一分や二分、惜しんでどないしますねん」

堺屋太兵衛が笑いながら、小鹿に告げた。

「まあ、新町ばかりに頼っていると、痛い目にもあいますけど」

てますねん」

「わざと妓に嘘を話して、わたいのような者を罠にかけようという碌でもない奴がい
「どういうことだ」

首をかしげた小鹿に堺屋太兵衛が続けた。

「出来のええ偽物を手に入れた者が使いますねんけどな。そのまま唐物問屋に持ちこんだら、ばれる怖れがおますやろ。なにせ、大坂の唐物屋は目利きばかりでっさかいな。そこで唐物は素人《しろうと》やけど、金儲けは大好きやという鴨をつり出す」

「直接遣り取りしてはいかんのか。素人ならば、偽物と見抜けないだろうに」

「こっちから売りにいって、一から相手を信用させるのは手間でっせ。顔見知りやったらよろしいんやろうけど、知り合いを欺せば、大坂におられんようになります」

「たしかにな」

商いは信用で成り立つ。とくに価値がよくわからない基準で決められる唐物や刀剣、絵画《かいが》などは信用があってこその商いであった。

「廓《くるわ》で妓から寝物語に聞いた出物の話。その場は聞き流していても、どこかでその出物と出会えばどないですやろ。まったく初見よりは、ずいぶんと違ってきまへんか」

「なるほどなあ」

「廓は利用し、利用されるところですやろ。欲望を吐き出したい男と金を欲しがっている女。客と妓も互いに相手を利用している」

「まちがいない」

小鹿がうなずいた。

「ですから廓で手に入れた話は、裏を取らなあきまへん」

「どうやって裏を」

探索を役目とする町方同心である小鹿が身を乗り出した。

「唐物問屋を回ったり、質屋を訪ねたり、指物《さしもの》の職人に訊きます」

「教えてくれるのか、唐物問屋や質屋が。商いのことは秘密だろう」

「そういった質《たち》の悪い奴のことは回状を出すのが、決まり事で。お互いに阿呆《あほう》をする者の顔や名前を共有して、欺されないようにと」

堺屋太兵衛が答えた。

「指物職人は」

「箱ですわ。茶器や刀剣は、桐箱に入っているほうが本物ぽいですやろ」

疑問を口にした小鹿に堺屋太兵衛が説明した。

「そのあたりを回るか」

小鹿が足を動かした。

二

道頓堀は大坂の豪商安井《やすい》道頓が私費を投じて、川を使った荷運びの便を改善するために開削した水路である。ちなみに道頓堀の名前は、いかに自前の金で造ったとはいえ、商人が己の名前を付けるなどという不遜はできないと遠慮していたのを、後に大坂藩主になった徳川家康の孫松平下総守忠明が、褒賞代わりにと許可したものであった。

大坂の陣で灰燼に帰した城下町のなかでも道頓堀は早くに復興したほうであり、今では江戸の浅草もかくやという繁華な場所になっていた。

「久しぶりだ」

普請方同心に左遷されてから小鹿はやる気を失って、用のないところへ足を向けることはなくなっていた。

道頓堀を訪れるのも数年ぶりであった。

「あんな店ができている」

「あそこは三味線《しゃみせん》屋だったはずだが……」

ときの移ろいを感じながら、小鹿は道頓堀を西から東へと進んだ。

「……おらんなあ」

堺屋太兵衛の姿は、なかなか見つけられなかった。

「これが唐物問屋かあ」

小鹿は道頓堀に沿って立っている唐物問屋に興味を惹かれた。

小鹿は前々職で唐物改方をしていた。唐物改方とは、長崎《ながさき》に入ってきた異国の文物が大坂へやってきたときに、それが問題ないものかどうかを確認する役目であり、唐物改方の許可が出ない限り、それは売り買いどころか所持もできなくなる。

「なにとぞ……」

当然、唐物問屋は許可を求めて必死になる。検査を受ける茶碗の箱のなかに小判を忍ばせたり、さりげなく袖へ金を入れたりする。なかには宴席に招いて堂々と金を積む者もいた。

「うむ」

遠慮なく受け取るが、その遣り取りは同心の組屋敷か、新町遊郭でおこなわれるのが慣例であり、店に顔を出すことはまずなかった。

「お み足を運んでいただくわけには参りませぬ」

唐物問屋が遠慮してという形であったが、その真相は見られてはまずいものが店にあるという理由であった。

もちろん、同心もわかっているがそこは持ちつ持たれつであり、小鹿も唐物問屋の多いあたりに足を踏み入れるのは初めてであった。

「わからん」

格子の窓から覗いた小鹿は、唐物問屋に置かれていた茶碗を見て首をかしげた。

「なにがおわかりになりまへんので」

「……うおっ」

背中から声をかけられた小鹿が驚愕した。

「誰や、おまはん」

見たことのない若い商人に小鹿が誰何《すいか》した。

「こっちこそ、どちらはんと訊かせてもらいま。ここはわたくしの店で」

「……ここの」

返された小鹿が目を剝いた。

「へえ。唐物諸国古道具取り扱い江副《えぞえ》屋でございます」

「遅れた。東町奉行所の同心山中小鹿である」

名乗られた小鹿が名乗り返した。

「お町の旦那がなんぞ御用でも」

「人を探しておる。堺屋太兵衛という中年の……」

「ああ、そのお方やったら、さっきまでお話をしてました」

江副屋があっさりと告げた。

「今は、どこに」

「堺屋はんのお知り合いで」

身元はわかっていても用件を知らされるまで、堺屋太兵衛の居場所は教えないと江副屋が問うた。

「呑み仲間というのが一番近いか」

「……どうぞ、こちらへ」

一度だけ小鹿を上下に見た江副屋が先に立った。

「どこへ」

「時分どきでっさかい、お昼でもとお誘いしまして」

訊いた小鹿に江副屋が堺屋太兵衛と食事の約束をしていると答えた。

「いいのか」

「ご自分の食べたぶんはお支払いくださいな」

確認した小鹿に江副屋が笑った。

江副屋は、そこからすぐの店の暖簾《のれん》を潜った。

「堺屋さんと待ち合わせなんだけど」

「奥の小上がりへどうぞ」

江副屋の声がけに顔を出した主が奥を指さした。

「……堺屋はん」

「お先に座ってますで……山中さま」

小上がりであぐらを搔いていた堺屋太兵衛が、小鹿に気づいた。

「すまんな。ちとおぬしを探していてな。江副屋どのに連れてきてもらった」

小鹿が軽く頭を下げた。

「どうぞ。江副屋さんがお連れになったということは、同席かまわずですよって」

堺屋太兵衛が腰をあげて、上座を譲った。

「すまぬ」

礼を述べて小鹿が上座へと通った。

「あらためて、大坂東町奉行所同心の山中小鹿さまで。こちらはお若いのに目端《めはし》の利くことで昨今評判の唐物屋、江副屋さん」

「よしなに」

「こちらこそ」

小鹿と江副屋が顔を見合わせて挨拶をかわした。

「お話の前に、注文しときましょ。時分どきの長っ尻は迷惑でっさかいな」

江副屋が一度小上がりを出た。

「気を遣わしたな」

「あれぐらいでけへんと大坂でやっていけまへん」

いないうちに内密の話はすませておいてくれと席を外した江副屋に小鹿は感心し、堺屋太兵衛は手を振った。

「できるんか」

口調を崩して小鹿が問うた。

「商人《しょうにん》の口は巌《いわお》より固くないとあきまへん。江副屋はんは、お若いながら立派な商人《あきんど》で」

堺屋太兵衛が保証した。

「なら、いつ戻ってきてもいいな」

小鹿が肩の力を抜いた。

「昨日の今日と、なんぞおましたんか」

会ったばかりだろうと堺屋太兵衛が首をかしげた。

「そのことなんだがな」

小鹿は昨日とんぼりの御吉が聞いてきた噂について語った。

「……そいつは引っかかりますなあ」

聞き終わった堺屋太兵衛が顎に手を当てた。

「誰が聞いても与太話《よたばなし》とわかるだろう」

「そのへんの連中はどうかわかりまへんが、少なくとも商人は笑い飛ばしまっせ」

言った小鹿に堺屋太兵衛が同意した。

「きな臭いと思わぬか」

「ええ」

堺屋太兵衛がうなずいた。

「老中との噂はいずれ消えるやろうが、こっちはわからん」

小鹿が首を左右に振った。

「増し役はんは、どうお考えにならはりますか」

「気にするだろうな」

「出雲守さま……どのようなお方ですねん」

「そうよな。とりあえず真摯《しんし》な御仁《ごじん》ではある。職務に忠実、目付だったときはさぞや怖れられただろう」

中山出雲守の人となりを尋ねられた小鹿が述べた。

目付は江戸城中での静謐《せいひつ》を守護し、礼節を監察する。城中ならば、将軍を除くすべての大名、旗本、役人を咎めることができた。

「そのお方が大坂へ来てからは、なにもしていない」

「していないわけではない。できないのだ。なにせ配下がいない。まさかに町奉行が直接出向いて、聞きこみをするわけにもいかぬ」

印象で語った堺屋太兵衛を小鹿が注意した。

「配下がいない、それはまあ増し役ならば無理のないことですやろう。それを出雲守さまは改善なさろうとなさいましたか」

厳しく堺屋太兵衛が指摘した。

「しておられないように見える。ずっと隣におるわけではないから、確実だとは言いかねるが」

小鹿が応じた。

「優秀なお目付だった方が……」

「……たしかに」

疑わしい目をした堺屋太兵衛に小鹿も同じ思いになった。

「擬態か」

「とわたいもそう考えます」

今の中山出雲守は猫を被っていると二人の意見が一致した。

「その割に、淀屋の噂には食いついた……」

「……」

小鹿の疑問に堺屋太兵衛が無言で首を縦に振った。

「ちょっと話を変えてよろしいか」

堺屋太兵衛が許可を求めてきた。

「もちろんだ」

無駄なことをするはずはないと信じている。小鹿は迷いなく認めた。

「今回、江副屋さんと食事をすることになったのは、とある茶碗の行方が新町から聞こえてきたからですねん」

「ああ、裏を取りに来たのだな」

つい先ほど思い出したばかりである。小鹿がうなずいた。

「さようで。この間は聞きそびれましたけど、山中さまは裏を取らなければならないときどないしてはります」

堺屋太兵衛が問うてきた。

「御用聞きを使うな」

今はいないが、かつて山中家にも十手を預けた御用聞きはいた。

「某《なにがし》が怪しい。ちいと周りを調べてくれ」

「へい」

頼まれた御用聞きは、

「見つからねえようにしな」

配下の下っ引きに命じる。

「あいつでまちがいなさそうで」

「賭場への出入りを確認しやした」

数日から十日もすれば、結果が出た。

「それを待って、踏みこむか、捕縛するかを決める」

小鹿が語り終わった。

「ようそれで、御用が務まりますなあ」

聞いた堺屋太兵衛があきれた。

「また伝えのまたでっせ。そんなもん、信用してはったんで」

「していたのだろうな。いや、今もしているはずだ。十手を預けている御用聞きは裏切らない。なにかあれば十手を取りあげればいいのだからとな」

家督を継いでまだ廻り方同心をしていなかった小鹿は、父から引き継いだ御用聞きに十手を預けてはいたが、探索などに使ったことはなかった。

「甘いにもほどがおますなあ」

しみじみと堺屋太兵衛がため息を吐いた。

「二足のわらじというのはご存じでっしゃろ」

「……ああ」

痛いところを突かれたと小鹿が頬をゆがめた。

「博徒《ばくと》と御用聞き、その両方をしている者がいますやろ。あのへんが、都合の悪い話を耳に入れますかいな」

御用聞きの権は大きい。少なくとも縄張りの賭場に手入れが入ることはない。十手を預けている町方与力、同心からすれば手下が法度を犯していると表沙汰になるのはまずいし、他の与力、同心からすれば他人の縄張りに手出しをすることになる。これは同じ町方役人にもっとも嫌われる行為であった。

つまり博徒として御用聞きという身分は、鎧兜と同じで身を守ってくれるありがたいものであった。

「増し役が江戸から送られてくるはずや」

堺屋太兵衛がもう一度大きく嘆息した。

「大坂を御上は信じていない……」

「わたいら大坂の町民も町奉行所を信じてまへん。知ってはりますか、大坂商人が町方のお役人さまをどう表しているか」

「いや」

小鹿が首を横に振った。

「天秤《てんびん》ですわ。金を積んだほうに傾くということですなあ」

「…………」

嗤う堺屋太兵衛に小鹿は黙った。

「では、出雲守さまの増し役はやはり……」

小鹿が話をもとに戻した。

「それくらいは、大坂城代さまを始め、町奉行所のお役人、大坂で店をやってる商人、お大名家の大坂蔵屋敷お役人も気づいてまっせ」

「…………」

小鹿がふたたびあきれた堺屋太兵衛にまたも沈黙した。

「出雲守さまは、江戸からなにを言われてきた……」

「たぶんでっせ。間違《まちご》うていても怒りなはんなや」

訊いた小鹿に堺屋太兵衛が声を潜めた。

「増し役の出雲守さまは……大坂を殺しに来はったと思うてます」

「お、大坂を殺すだと」

小鹿が衝撃を受けた。

「……っっ」

「入ってきなはれ、江副屋はん」

衝立《ついたて》の陰から漏れた息吹に堺屋太兵衛が反応した。

「……すんまへん」

盗み聞きをしていたことになる。気まずそうな表情で、江副屋が姿を現した。

「気にせんでええ。聞かれることは端《はな》から承知で話をしていたのだからな」

堺屋太兵衛ではなく、武士身分である小鹿が許すことで、江副屋の盗み聞きの問題は終わった。

「堺屋はん……」

江副屋はまだ気にしていた。

「山中さまがええと言いはったんや。それでよろしいがな。どうしても気が咎めるちゆうねんやったら、ここの払いを持っておくれやす」

「そうさせてもらいましょ」

金で片を付けようと笑った堺屋太兵衛に、ようやく江副屋が安堵した。

「親爺、もういいぞ」

江副屋が振り向いて店の主に、酒と料理を出せと指示した。

「へえ」

準備はできていた。すぐに親爺が膳を運んできた。

「鰯《いわし》の生姜《しょうが》煮、蕗《ふき》の佃煮《つくだに》、菜《な》を湯がいてごまを振ったもの、海老《えび》の酒炒《さけい》りつけで」

親爺が膳の上に載っている料理を説明した。

「海老とは贅沢だな」

滅多に出てこない料理に、小鹿が興奮した。

「ここの親爺の実家が漁師で、ときどき出るのでございますよ。殻を取るのが少々面倒ですが」

江副屋が注釈を付けた。

「殻を取ってゆでると、味が逃げちまいますんで」

親爺も足した。

「それよりも酒を頼むよ。料理の匂いがたまらないから」

堺屋太兵衛が親爺を急かした。

「ただちに」

引っこんだ親爺がすぐに大きな片口になみなみと酒を満たして、戻ってきた。

「ごくろうさん。あとはこっちでやるよ。呼ぶまで放っておいてくれ」

江副屋が親爺を追い払った。

「……………」

離れていく親爺の背中を、堺屋太兵衛がちらと見た。

「後で釘刺しておきます」

まじめな顔で江副屋が言った。

「さて、まずは舌を湿しまひょ」

堺屋太兵衛が表情を和らげて、片口を持ちあげた。

「お、重い」

「こぼすなよ。もったいない」

片腕では無理と両手を添えた堺屋太兵衛を、小鹿がからかった。

「こぼしたら、畳をなめますわ」

堺屋太兵衛がおどけた。

「もらおうか」

笑顔で小鹿が盃を差し出した。

三

少しだけ三人はにこやかな酒宴をおこなった。

「さて、場もほぐれましたな」

堺屋太兵衛が盃を置いた。

「だな」

「はい」

小鹿も江副屋も盃を手放した。

「御上が大坂を殺しにかかっているとは、どういう意味だ」

「穏やかではおまへん」

真剣な顔で小鹿が問い、江副屋も身構えた。

「昨今の大坂を見て、なんぞお気付きなことはおまへんか」

「…………」

「ふうむ」

堺屋太兵衛の質問に、小鹿は悩み、江副屋も考えこんだ。

「山中さまには気付いてもらわな困ります」

「拙者が……」

少し笑みを含んだ声を投げられた小鹿はより戸惑った。

「先日もお目にかかったはずで」

「会った……大石どのか」

そこまで言われて、小鹿は思い出した。

「大石さま……」

ぎゃくに顔を合わせたこともない江副屋が困惑した。

「播州赤穂藩浅野家のご城代家老大石内蔵助さまでございますよ」

「その御仁がどういうかかわりで」

堺屋太兵衛に教えられた江副屋が、首をかしげた。

「山中さま、大石さまはなにをなさりに大坂へお見えでした」

「大坂商人に金を借りたいとのことであったな」

促された小鹿が答えた。

「お大名の借金ですか。今時珍しいことではおまへんが」

江副屋が怪訝な顔をした。

「それだな」

「へえ」

告げた小鹿に堺屋太兵衛が首肯した。

「江副屋はん、お武家はんとお付き合いは」

「おまっせ。重代の家宝というのをよく持ちこまれますよって」

確認した堺屋太兵衛に江副屋が応じた。

「お武家はんは怖いとお思いで」

「怖いと思うたことはおまへんなあ。どなたはんも一様に、金を出してくれと拝むようになさいますよって」

「それか」

江副屋の言葉に、小鹿が反応した。

「武家は民の上に立つ。政を支配し、唯一の武力を誇る。民はその武家に従う。これが御上のお考え」

「でも金を借りるためとはいえ、お武家はんが商人に頭を垂れる。いや、それだけやおまへんな。江副屋はん、おまはんのほうが詳しいやろ。借金を返せなくなったお武家はんがどのようなことをしはったか」

堺屋太兵衛が江副屋に水を向けた。

「言いにくいですなあ」

江副屋が小鹿を見ながら、首を左右に振った。

「でもまあ、しゃあおまへんわ。堺屋はんが保証しはるお方や。この無礼者とは言われへんですやろ」

一人で江副屋が納得した。

「どこのお家というのはご勘弁を。西国のとある小さなお大名はんですねんけどな。三年前に大坂の商人から借りた金が返せなくなったんですわ。理由は不作とか、江戸参勤の費用がとか言われてますけど、まあそのへんは置いといて……利払いさえも滞《とどこお》ったお大名はんは、その形に姫はんを差し出したんで」

「なっ。大名が娘を……」

江副屋の話に小鹿が絶句した。

「そのようなまねをすれば、生まれた子供に世継ぎの権利ができるではないか」

小鹿が信じられないと目を剝いた。

「おそらく姫はんは死んだことにして、籍は抜かはったと思いまっせ。そうせんと重役や一門が黙ってまへん」

堺屋太兵衛が述べた。

大名家が改易される最大の理由は、世継ぎなしであった。少し緩和されて、当主が死に瀕してからの末期養子も認められるようになったが、それでも潰されないというだけで石高削減、あるいは僻地《へきち》への転封といった罰は与えられる。

当主に直系の跡継ぎがいなければ、まさに存亡の危機なのだ。

だからといって、まったく血筋のかかわりのない者を養子に迎えて家を継がすというのは問題があった。

「ならぬ」

幕府としては大名同士が強く結びつくのを警戒している。一門とか親戚だとかいうのであれば、すでに強い絆があるだけに問題は小さい。

だが、今まで血縁を交わしたことのない大名同士だと、そこに新たな絆ができてしまう。

そうそう幕府が許可を出すことはなかった。

となれば、どうにかして血縁を探さなければならなくなる。どこの大名でもそうだが、戦国の世を渡ってきた歴史を持つ。乱世を生き残るため、家中の結束を固めなければならないときもあった。

「娘をつかわす」

こういったとき、娘は役に立つ。

「吾が息子を跡継ぎにするよう」

跡継ぎがいないか、病弱、あるいは幼少だったりすると、重臣家を乗っとるために養子を押しつける。

「家老某どのは、先々代さまの血を引く」

すでに主従の関係は固定しているし、間で血が混じっていなければ、一門というにも厳しいが、それでも世継ぎになる権利は持っている。

商人に娘を借金の利子代わりに下げ渡すというのは、その間に生まれた子供の継承を認めたことになった。

「思い切ったまねを」

「そうせんとあかんかった。ということもおまっせ」

息を吐いた小鹿に堺屋太兵衛が皮肉げな笑いを浮かべた。

「商人から要求したのか。なんという不遜な」

小鹿が驚愕した。

「じつのところはわかりまへんが、商人に娘を与えた。それも女房やのうて、妾。行儀見習いとか、大坂見物とか、転地療養とか、名分はつけてますやろうけど、御上はどのように受け止めはるか」

堺屋太兵衛が肩をすくめて見せた。

「この話はまことか。もちろん、江副屋を疑っているわけではない」

真実か噂かを小鹿は確かめようとした。

「あいにく、本当ですわ」

そこで江副屋がため息を漏らした。

「なにせ、その姫はんを引き取ってくれへんかと頼まれましたんで」

「おぬしが」

「はい。わたしが」

驚いた小鹿に、江副屋が苦笑した。

「三千両、上納してくれれば、姫をと。一応、わたしは独り身ですから、正妻持ちで妾にするつもりの商人よりはましやと思うたんでしょうなあ」

「それを断ったか」

小鹿が江副屋を見直した。

「当たり前でっせ。己で服も脱ぎ着でけへん、厠《かわや》へ行ったら後始末をしてやらなあかん。店の留守も任されへん。とても商人の妻には……」

江副屋が首を横に何度も振った。

「その後ということか。むう」

小鹿がうなった。

幕府は武をもって天下を統一した。当然ながら、そのために命を懸けた武士たちを優遇しなければならなかった。

「民の上にある」

まず、武士を上位者にした。

「金儲けは卑しい」

さらに戦うことのない商人を貶めた。

それでうまくいくはずであった。ただ、失策だったとすれば、長い戦乱の世が続いたことで、人々の生活に安定がなかったことに気づかなかったことである。

明日殺されるかも知れない。今日、無事にのりこえていけるかどうかわからない。これが戦乱の世であり、皆、生きるのに必死でそれ以上のことに目を向ける余裕はなかった。

その乱世が終わった。

明日殺される、焼き討ちを受けてすべてを失う可能性がなくなった。

「もっといい生活を送りたい」

今まで喰えればいいといった日々に余裕が出てくる。

結果、贅沢が流行《はや》ることになり、それに連れて諸色《しょしき》があがった。

「働くぞ」

「稼げばええ」

これに対応できたのは、職人と商人であった。

働けば、働いただけ収入が増える。

問題は武士と百姓であった。

「禄が増えぬ」

「新田を開発しても、取りあげられる」

戦がなくなった武士は、手柄を立てて加増を受けることができなくなった。

朝から晩まで働いても、百姓はそのぶんを搾取《さくしゅ》されるだけであった。

「なぜだ」

武士も百姓も、その真の原因に気付かなかった。

「米を中心に据えるからだ」

商人はわかっていた。米をすべての基準としているため、豊作、凶作の影響を受ける。さらに米は生きていくために必須のものであり、きままに値上げなどができないように幕府が統制をかけていた。

こうして武士の収入は増えず、米以外の衣類、野菜、道具類などの値が上がった。

「うまい酒を呑みたい」

「絹の衣服を身につけたい」

しかし、人は一度覚えた贅沢を捨てられない。

なにより金を稼ぐことは卑しい者のすることと見下している武家が、算盤や勘定がわかるはずもなく、収入以上を使うようになるのに暇はかからなかった。

最初は幕府も武家の贅沢を見過ごしていた。

「金を消費すれば、鉄炮や玉薬も買えなくなる」

戦費も出せないようにしてしまえば、謀反はなくなる。

「……これはまずい」

幕府が武家の借財が大きくなりすぎたと気付いたときは、もう遅かった。

武家は金で商人に頭を押さえられてしまった。

「大名を保護する気になったと」

小鹿が幕府の方針転換を口にした。

「と思いますで」

堺屋太兵衛が述べた。

「商人を押さえつける……」

「そら、甘い考えでっせ」

腕を組んだ小鹿に堺屋太兵衛が首を横に振った。

「ここで押さえつけても、同じことを繰り返すだけ」

「徳政令を出すというのはおまへんか」

幕府はもっと厳しい態度に出ると言った堺屋太兵衛に、江副屋が尋ねた。

徳政令とは、もともと天皇が代替わりや大きな災害の後に、救民するために出したものであった。それが鎌倉に幕府があったころ、今と同じような理由で窮迫した御家人たちを助けるため、借財などの一部の返済を免除したものであった。

いわば借金棒引きの令であり、恩恵を受ける側は助かるが、貸した金を返してもらえなくなった商人たちは大いに不満を抱える悪法であった。

「出しても、なんも変わりまへんわな。今貸した金は返ってこなくても、今まで十分に利で儲けも出てますやろ」

借財の利は高い。よくて年に二割、酷ければ一年で倍というのもあった。さすがに一年や毎に徳政令を出されては困るが、五年もあれば十分儲かる。

堺屋太兵衛が手を振った。

「それに徳政令が出たからといって、喜々と借財を無視した連中にまた金を貸す者がいてますやろうか。せめて申しわけなさそうにくらいはしてもらわんと、気が収まりませんで」

「おるまいな」

小鹿が同意した。

「そうなると困るのは、お大名はんになりますなあ」

江副屋が嘆息した。

「徳政令ではないとなると……」

「御上の考えていることは一つやと思いまっせ。なあ、江副屋はん」

「ですなあ、堺屋はん」

商人二人はわかっているとうなずきあった。

「教えてくれ」

思い至らない小鹿が頼んだ。

「一罰百戒《いちばつひやつかい》。一人の商人を潰して見せしめにして、その他の商人を御上の統制に従わせる」

堺屋太兵衛が告げた。

四

中山出雲守時春は目付から大坂東町奉行へと転じた。これは珍しい人事であった。そもそも目付は出世に固執しない。

「なんとしても立身して……」

こういった欲望を表に出すようでは、とても目付は務まらない。

「あやつは監察の役目をなんと心得るか」

目付は同僚も見張っている。

「腰掛け、出世の階《きざはし》として目付を利用するなど論外」

結果、同僚に足を引っ張られて出世どころか、落魄《らくはく》の一途をたどることになる。

「居住まいを正せ」

中山出雲守は目付として有能であった。いや、旗本の俊英が集まるとされた目付においては普通であった。

可もなく不可もなく、中山出雲守は目付を務めてきた。

その中山出雲守に老中土屋相模守が目を付けた。

「大坂へ行ってくれるように」

土屋相模守は、淀屋を怖れていた。

「金がすべての世になるのは避けねばならぬ」

施政者として、天下の安定は歓迎すべきことであるが、過ぎたるは及ばざるが如しというように泰平を満喫し過ぎて、有事への対応が遅れる、あるいはできなくなってしまっては本末転倒になる。

「金で忠義が買えるようになるのは阻止せねばならぬ」

もともと一所懸命という言葉があるように、土地を得るために武士は働いた。これは米の取れる土地を手にすることで、将来にわたっての生活が保障されるからである。

だが、一時、武士の禄は米ではなく、銭になったことがあった。豊臣秀吉が天下を取り、検地をおこなうまで、大名は独自のやりかたで家臣を抱えていた。米を一度すべて大名のもとに集め、そこから扶持米として支給する家もあった。今と同じように土地から取れる米の高を知行として与える家もあった。そして、米の代わりに何貫文という銭で家臣を雇う家もあった。

実質は宋から銭を輸入していたため、それだけの金銭を用意できる大名家は少なく、銭一貫を米二石と換算して、支払っているのがほとんどではあったが。

「今ならば、金のほうがありがたいやも知れぬ」

米の出来が収入を左右するのは、たしかに不安定であった。

豊作凶作だけではなく、米の質にも影響を受けた。

同じ村の田圃《たんぼ》でも日の照り、水はけなどで実の詰まり、味が変わってくる。

「良米以外は受け付けぬ」

領主は年貢米を良米で求める。

「全部良米なんぞ無理だ」

百姓にしてみれば、年貢で残ったぶんから自家消費用を除いた残りを売り払い、その金で農具を買い、生活に要るものを購《あがな》う。

「こりゃあ、屑米《くずまい》じゃないか。買えないね」

米を取り扱う商人の目は厳しい。百姓が出した米を作るときの苦労など無視して値付けする。

売れなければ、それこそ生活に差し障る。

「米俵の底に」

一度納入されてしまえば、後は代官の責任になる。上だけ良米で下は並米でごまかすのは百姓の知恵であった。

もちろん、それを受け取ってしまった領主は大損する。

「しっかり検《あらた》めろ」

だからといって検査を厳密にしていると、年貢の回収が遅れる。当たり前だが、米にも売りどきがあり、それを逃せば値下がりしてしまう。

こういった手間を掛けてようやく米は金になる。たしかに米が入るということは、食いっぱぐれしないと同義ではあるが、これが金になると手間はなくなる。

一部とはいえ、大奥では禄に合力金や五菜銀《ごさいぎん》という現金を支給していた。将軍の側室や世継ぎの生母たる中﨟《ちゅうろう》が、金を受け取っているのだ。

「米から金に切り替える」

最初の反発さえいなしてしまえば、後はなし崩しにできる。

「武士を金の下僕《げぼく》にしてはならぬ」

土屋相模守は危惧を覚えていた。

「いずれは変えねばなるまいが」

老中たちも無能でないかぎり、米での経済が限界を超えているとわかっている。なれど、それを一日にして解決するなど無理であった。

「百年は覚悟せねばなるまい」

土屋相模守は改革は先延ばしにした。

というのは、将軍である綱吉にその気がないからであった。

老中がなにかをしたいと考えても、将軍の決裁なしではできなかった。

「このようにいたしたく……」

「そのようなことより、寺を建てよ」

老中が上申しても、綱吉は菩提《ぼだい》のことしか考えておらず、聞く耳を持っていない。

「できることは、金の頭を押さえるだけじゃ」

そうそうにあきらめた土屋相模守の耳に、

「西国の大名どもは、参勤のおり大坂の淀屋へ立ち寄り、挨拶をしている」

「上方の商人のもとへ、姫を差し出した大名がおるという」

といった話が聞こえてきた。

「ふざけるな」

幕府を代表する執政として、土屋相模守が腹を立てた。

「大名どもが頭を下げるのは、公方さまだけである」

老中たちにも大名たちは頭を垂れるが、これも将軍から与えられた天下の執政という格へのものであり、辞職すれば対応は変わる。

「大坂城代に……」

対処を大坂城代に任せようとした土屋相模守は止《と》まった。

「大坂城代が大坂商人の悪評を知らぬはずはない」

土屋相模守が考えた。

十数年前になるが、土屋相模守も大坂城代を務めていた。

大坂城代は初代の内藤紀伊守信正《ないとうきいのかみのぶまさ》から、当代の土岐伊予守までのべ十七人が就任した。土屋相模守は土岐伊予守の少し前、十四代の大坂城代として一年と少し在任した。

大坂城代は、駿河城代、甲府城代とは格が違い、その権力は大きい。いざとなれば幕府の許可を得ることなく、西国大名に派兵を命じることができ、まさに西日本の支配者であった。

「大名を差配してこそ、大坂城代」

そのためか、大坂城代は武によりがちで、あまり勘定のことは気にしなかった。

「治安や商人のことなど、城下の些末は大坂町奉行にさせればよい」

上を目指さない者が大坂城代に就任することはない。そのため、大坂城代は淀屋の成長を気にせず、脅威を感じることもなかった。

「……余が在していたときはまだそこに至っていなかったのか、それとも目隠し、耳栓をさせられていたのか」

江戸と違って町人の割合が高い大坂では、町奉行所の権威がすみずみまで届きやすい。実際は大坂町奉行所が城下の行政、治安を担っている。

「老中になって、天下の政を」

土屋相模守は大坂城代を老中への踏み台としか考えていなかった。

要は足下を見ず、東ばかりを見ていたのだ。

「その返しが、これか」

土屋相模守が苦笑した。

「とにかく、実際を知らねばならぬ」

噂だけで動くほど老中は暇ではないし、土屋相模守は愚かではなかった。

「……大坂町奉行を使うわけにもいくまい」

大坂城代よりも大坂町奉行のほうが、商人に近い。

「淀屋を見張れ」

そう命じたところで、

「なにもございませぬ」

「商いに集中しており、怪しい素振りはまったく見られませぬ」

返ってくる答えは、淀屋の影響を受けて信用できない。

「交代させて、新任を送るか」

大坂町奉行の入れ替えも検討したが、目立った失策もない今の奉行を異動させる理由がなかった。

「与える役目もない」

咎めでない異動には当然、行き先がなければならない。

大坂町奉行からの異動となると、京都町奉行か、長崎奉行、あるいは勘定奉行、最高で江戸町奉行になる。

一人を動かせば、その先で新たな異動が起こる。それこそ一人のために十人を動かすことになりかねなかった。

「増し役にするか。ならば、あまり警戒もされまい」

すでに前例はある。つい先年まで大坂東町奉行の増し役として保田《やすだ》美濃守宗易《むねやす》が赴任していた。これは優秀な保田美濃守を引きあげるため形だけとはいえ遠国奉行の経験が要ったためのもので、何一つすることもなかったが、保田美濃守は三年で江戸北町奉行へと転じた。

それを土屋相模守は利用して、堅実な役人と見た中山出雲守を増し役の大坂東町奉行として出した。

その中山出雲守から、淀屋が慶長小判などの古金を集めているとの報告があった。

幕府は徳川家康の造った慶長小判に代わるものとして、元禄小判を鋳造した。

「径を小さくして、混ぜものを増やせば、慶長小判百枚で元禄小判百三十枚になりまする。わずかな費えで、民へ負担も掛けず金子を増やせまする」

「おおっ。その増えた金で寺を建てられるな」

勘定奉行荻原近江守の口上に、綱吉が乗った結果、元禄小判は生まれた。

「元禄小判は今までの慶長小判などと同様の価値で扱え」

幕府はそう通達を出したが、慶長小判を出して元禄小判をもらってもうれしくはない。実態は財産の目減りになるからだ。

「淀屋が慶長小判を集めているのを咎めるな」

商いは金を手元に集める手段でしかない。商人としては当たり前の行為である。一応、元禄小判への交換を促してはいるが、別段いつまでにという期限はない。

「そのうちにと」

交換していないと文句を付けても、かわされてしまう。

「様子を見るように」

中山出雲守の報告に、土屋相模守はそう返すしかなかった。

それからまだ十日も経たないうちに、またも中山出雲守から報せがあった。

「淀屋が老中に抗《あらが》ったとの噂か」

送られてきた手紙の内容に、土屋相模守が嘆息した。

「誰に抗ったと。老中は在任中誰もが在府と定められている。事実、誰ひとりとして上方へ出向いてはいない」

土屋相模守が首をかしげた。

「なんのために……」

噂は自然と生まれてくるものではなかった。誰かが何かしらの意図をもって生み出したり、広げたりする。

「新しく吉原に入った太夫《たゆう》は落ちぶれた武家の娘だそうだぜ」

誰かが悪意もなくてきとうに考えたものが、

「大名の娘が吉原に」

幾人かの口を経ているあいだに変貌する。

「まったくの偽りとも思えぬが……」

老中と遣り合ったなどという噂は、まず流れなかった。将軍、老中などを題材にしたものは、大きな罰を受けることにもなる。

「大坂城代か、京都所司代あたりともめたか」

土屋相模守は今回の噂をそう考えた。

どちらも老中になるための前座である。そこがゆがんで伝わった可能性はあるが、大坂城代や京都所司代の権力では、淀屋と戦うにはいささか不足するのも確かであった。

「これは相手にせずともよいが……続けて淀屋の噂が湧《わ》くというのは奇異である。たしかに淀屋は妬まれているだろうが、それをおいたうえでも噂を拡がる前に潰すことはできように」

土屋相模守が困惑した。

「とにかく、続報を待つしかない」

老中は力があるだけに、迂闊に動くことはできなかった。

「出雲守を奮励しておくか」

土屋相模守が筆と巻紙を手にした。

堺屋太兵衛と江副屋と話しているうちに、五日目は過ぎた。

「待たせたか」

組屋敷へ戻った小鹿は、玄関脇の小部屋で煙草《たばこ》を吹かしていたとんぼりの御吉へ詫びた。

「いえ、まだ一服目で」

とんぼりの御吉が置いてあった煙草盆の角に煙管《きせる》を打ち付けて、煙管を煙草入れへ仕舞った。

「好事《こうず》のようだな」

煙管をちらと見た小鹿が褒めた。

「町内の旦那衆からいただいたもので。気に入って遣わせてもらってます」

とんぼりの御吉が一度仕舞った煙管を取り出した。

「……吸い口にも細工があるな」

小鹿が目ざとく見つけた。

「受け口から雁首《がんくび》までが鯉《こい》の形をしてやして、吸い口が釣り竿の浮かし彫りになってやす」

「釣り逃した魚は大きいとの洒落《しやれ》か」

「旦那衆によりやすと、鯉と恋をかけやして、捕まえようとすると逃げるという意味合いだとか」

「おいおい、御用聞きに逃げるはどうなんだ」

「そこが洒落っ気で」

とんぼりの御吉がふたたび煙管を仕舞った。

「さて、話を聞かせてもらおう」

小鹿が調べてきたことの報告を求めた。

「一日じゃ、たいしたことはございやせん。ただ、偽金造りについては、どうやら蔵屋敷のほうから流れてきたようで」

「蔵屋敷から」

聞いた小鹿が怪訝な顔をした。

大坂にある蔵屋敷はすべて淀屋の支配下にあると言っていい。その蔵屋敷から淀屋を讒言《ざんげん》するような噂が出るというのは、みょうなことであった。

「さようなんですがね。どうも北浜から上へあがるほど耳にしやして」

「気になるな。どこか淀屋ともめた大名でもいたか」

「それでやすけど……」

とんぼりの御吉が目をすがめた。

「淡路守さまをご存じで」

「近江のか」

「さようで。どうもそこの留守居役さまと淀屋がもめたようで」

確認した小鹿にとんぼりの御吉が告げた。

「これは淀屋の奉公人が、新町近くの屋台で酒を呑みながら話していたとのことでやすが……」

「ほう」

とんぼりの御吉の縄張りと新町は離れている。それでいて屋台の親爺から客の話を聞き出している。

御用聞きとんぼりの御吉の実力に、小鹿が感心した。

「淡路守さまのお留守居役さまが淀屋にお出《い》でのときは踊り出さんばかりの上機嫌であったのが、帰りはせんぶりを呑まされた子供のような苦い顔で帰っていかれたそうで」

せんぶりとは千度煮出してもまだ苦いということから付いたと言われるほど、癖のある漢方薬草のことだ。胃腸の変に著効ありとして、巷《ちまた》でよく用いられていた。

「二度と来るかと罵《ののし》ったとも」

「淀屋相手にか。それはまた、思い切ったことを。淀屋と縁を切ってやっていける大名は、関ヶ原から西にはいないぞ」

小鹿があきれた。

「よほど腹立たしかったんでしょうなあ。で、話はここからなんでやすが、その留守居役さまが怒って帰ってすぐに、老中に喧嘩を売ったという噂が出たように見えやす」

「……それは」

とんぼりの御吉の推測に小鹿が声を鋭くした。

「芸妓から話が聞けやした」

「どこのだ」

小鹿が問うた。

「北の遊里で。もとは新町にでていた芸妓で、まあ、あっしの馴染みというか、腐れ縁というかの女なんでやすが……」

淀屋によって元禄元年（一六八八）に堂島川《どうじまかわ》の北に新地が開拓されて十年、それまで堂島川の南側にあった米市場がそちらへ移転した。

堂島川の南にあった遊里にとって、大事な顧客を逃がすわけにはいかず、少しずつではあるが、準備のできた茶屋や揚屋などが移転を始めていた。

とんぼりの御吉の知り合いの芸妓もその一人であった。

「お客は蔵屋敷の者か。なら確実だな」

小鹿が納得した。

「助かった。少し待っていてくれ」

礼を述べた小鹿が奥へと引っこんだ。

「今日までの約束であった」

すぐに小鹿が戻ってきた。

「右真との約定がある。こちらから礼の金は出さぬ」

「もちろんで」

いわば罰則である。給金を発生させてはまずかった。

「代わりにと言っては何だが……これを」

小鹿が手にしていた油紙で包んだものをとんぼりの御吉へと差し出した。

「これは……」

「煙草入れだ。親爺がこしらえたものだが、おいらは吸わないからな」

怪訝な顔をしたとんぼりの御吉に小鹿が手を振った。

「そんな大事なものを……いただけやせん」

とんぼりの御吉が首を横に振って、油紙包みを返そうとした。

「もらってくれ。仕舞いこまれたままでは道具がかわいそうだ。道具は遣ってこそ味が出る」

小鹿が押しつけた。

「さて、あらためてご苦労であった」

とんぼりの御吉に、お役御免を小鹿が告げた。

第五章　淀屋の闇

一

「いいね。馬鹿な気を起こすんじゃないよ。淀屋に手向かいして、西国で生きていけると思うな」

淀屋の大番頭牧田仁右衛門が、荷車の差配をする手代に釘を刺した。

「へ、へい」

手代が震えながらうなずいた。

「井頭《いのかしら》さま、お願いをいたします」

荷車の警護を担当する牢人にも、牧田仁右衛門は念を押した。

大柄な身体をこぎれいな形《なり》に包んだ牢人が、荷車の側から離れず応じた。

「わかっておる。淀屋どのから受けた恩は忘れておらぬし、妻と子もお預かりいただいている。なにがあっても拙者は裏切らぬ」

井頭と呼ばれた大柄な牢人が胸を叩いた。

「では、気をつけて」

「おう。一同、出立《しゅったつ》じゃ」

牧田仁右衛門の合図で、井頭が号令をかけた。

「……荷車三つで一万八千両。今までのぶんを合わせて九万六千両。まだまだ足りないか……」

遠ざかる荷車を見ながら、牧田仁右衛門が呟いた。

「任せたよ」

「承知」

姿勢を変えず、どこにというわけではない様子で告げた牧田仁右衛門に、声だけが返ってきた。

「さて、旦那さまにご報告を……」

荷車が見えなくなったところで、牧田仁右衛門は奥へと入った。

「よろしゅうございましょうか」

「行ったかい」

奥で茶を点てていた淀屋重當が、廊下に座った牧田仁右衛門に確認した。

「そろそろ十万両か」

「はい」

茶筅《ちゃせん》を置いた淀屋重當に、牧田仁右衛門が首肯した。

「ばれそうだね」

「気付かれているかも知れません」

言った淀屋重當に、牧田仁右衛門が応じた。

「大坂城代さまじゃないだろう」

「あのお方は東を見るのに夢中で、西は気にされませんから」

大坂城代土岐伊予守は江戸の機嫌を取るのに必死だと、牧田仁右衛門が評した。

「町奉行さまかね」

「あの方々は、淀屋の力をご存じでございますから」

東西の大坂町奉行は淀屋のやることに口出しも手出しもしないだろうと、牧田仁右衛門が述べた。

「となると増し役さまか」

「目も手も足りておりませぬ」

中山出雲守の名前を出した淀屋重當に、牧田仁右衛門が首を横に振った。

「となると……」

「金に困惑したお大名……」

「やれやれだね」

嘆息した淀屋重當が、茶を喫した。

「直接やるかね」

「それはまずないかと。さすがに領地の外で強盗を働くわけにはいきますまい。万一しくじったとき、家が潰れまする」

「隠しおおせないし、他のお大名は喜々として御上へ話を持っていってくれる……か」

茶碗を拭きながら、淀屋重當が笑った。

「となると……」

「警固《けいご》してやるから、金を出せ。あるいは、金のことは黙っておいてやるから、融通を利かせろ。そのあたりではないかと」

淀屋重當に問われた牧田仁右衛門が答えた。

「……たまらないねえ」

大きく淀屋重當がため息を吐いた。

「その馬鹿の相手を、わたしがするのかい」

「さすがにこればかりは、わたくしではいささか差し障りが出るかと」

嫌そうな顔をした淀屋重當に牧田仁右衛門が苦笑した。

大番頭といえども奉公人には違いない。勝手に話を受けたり、金を遣ったりは許されていなかった。

「しかたないか」

淀屋重當があきらめた。

「で、あっちの店の用意はどこまで進んだ」

けだるそうな雰囲気を捨てて、淀屋重當が鋭い目つきになった。

「妻に預けておりまする」

牧田仁右衛門が、述べた。

「嫁さんもあちらの出だったね」

「はい」

確かめた淀屋重當に牧田仁右衛門が首肯した。

牧田仁右衛門は、因幡《いなば》鳥取《とっとり》藩の倉吉《くらよし》の生まれであった。

「天下の商人になる」

六歳で地元の商家に丁稚《でっち》奉公《ぼうこう》を始め、十年ほど商いの基本を学んだところで大坂へと出てきた。

「奉公するなら、淀屋しかない」

大坂の商人のなかでも名の知れた大店、淀屋を訪れた牧田仁右衛門は、まだ当主ではなかった淀屋重當の目に留まった。

「わたくしの一つ歳下かい」

年齢《とし》が近いということもあり、淀屋重當の気に入りとなった牧田仁右衛門は、商いの才能を開花させ、あっという間に手代、番頭、そして大番頭へと出世した。

「仁右衛門は、律儀なんだよ」

四代目当主となった淀屋重當は、牧田仁右衛門をこう評価していた。

「大坂とか奈良とか、堺から奉公に来る者は、皆商いがうまい。客あしらいもそつなくこなす。でもねえ、腹のうちが透《す》けて見えるんだよ。いつかは、淀屋の客を取って独立してくれるとのね」

淀屋くらいの大店となれば、当主に商いの才能は不要であった。

「あいつはいいね」

「駄目だ。大事な取引は任せられない」

その代わり、人を見る目は必須、幸い淀屋重當は代々のなかでもそれについては傑出していた。

「頼んだよ」

「なあにかまいやしないさ。次もある」

淀屋重當は牧田仁右衛門に重要な取引を預け、失敗しても決して叱らなかった。

「なんとお心の広い」

牧田仁右衛門は、淀屋重當の重用に感激、それに報いようと努力を続けてきた。

「終わったねえ。まあ、わたしで四代、息子で五代保ったんだ。よしとしよう」

大名への影響力を持つにいたった淀屋は幕府の怒りを買った。さらに総領息子の五代目淀屋廣當に人を見る能がなかった。ただ甘言を弄《ろう》する輩《やから》に囲まれて散財を重ねている。

淀屋重當は淀屋の未来をあきらめた。

「金は強いけれど、それ以上に権は強い」

政の持つ真の恐怖を淀屋重當は理解していた。

「あとは、どうにかして淀屋の暖簾《のれん》を生き延びさせなければ……五代の努力が泡《うたかた》になる」

淀屋重當は幕府から目を付けられていると気付いたときから、それだけを考えてきた。

「良くも悪くも一門だな」

本家淀屋以外に、分家はいくつもある。どれも大坂では名だたる豪商ではあるが、それらの主を淀屋重當は跡継ぎとして考えていなかった。

どの分家も淀屋本家に寄りかかって生きている。もちろん、それぞれに生業を持ってはいるが、それ以上何かをしようとはしない。

「あの者たちに、淀屋の暖簾は守れないね」

初代岡本三郎右衛門が牢人になってから、必死で働いて築きあげてきたのが淀屋である。今ある身代は、すべて先祖の努力の上に成り立っている。そのうえであぐらを掻くようでは、淀屋の名前は残ってももう心構えはなくなってしまう。

「おまえさんしかいない」

淀屋重當は牧田仁右衛門に、淀屋の心を託すことに決めた。

「とんでもないことでございまする」

当初、牧田仁右衛門は拒否していた。

「倉吉から出てきて、大坂の北も南もわからなかったわたくしを取り立ててくださったのは旦那さまでございまする」

牧田仁右衛門が、必死で首を振った。

「淀屋が潰れるというならば、わたくしも一緒に」

最後まで供をすると牧田仁右衛門が、言い張った。

「それが叶わぬならば、五代さまのお手伝いを」

さらに淀屋重當の息子廣當を助けるから、暖簾分けは勘弁してくれと牧田仁右衛門が願った。

「それでは困るのだよ」

淀屋重當が首を左右に振った。

「名前だけ伝わってもね。淀屋の歴史は、そんなに軽いものじゃない。この重みに耐えられるだけの気質が息子にはない」

「…………」

牧田仁右衛門が、黙った。

「頼む」

「だ、旦那さま、なにを」

深々と頭を下げ、両手を突いた淀屋重當に牧田仁右衛門が慌てた。

「頭を、頭をあげてください」

「そなたが引き受けてくれるまでは、顔をあげぬ」

うろたえる牧田仁右衛門に淀屋重當が言い切った。

「……わかりましてございまする」

しばらくして牧田仁右衛門が、折れた。

「ありがとうよ」

淀屋重當が顔をあげて感謝をした。

「大坂だと御上の目がうるさい。どこかいいところはないか」

「わたくしの故郷、倉吉はいかがでございましょう。倉吉は川があり、水運が遣えまする。さらに境港《さかいみなと》が近いので、海運にも困りませぬ。冬は雪が多少つもりますが、中国から上方への街道も通りまするし」

「ものの流れに取り残されることはない……」

「はい」

淀屋重當の意見に、牧田仁右衛門が同意した。

「それはいいね。問題は場所だけど」

商いはものの流れを把握しなければ続かなかった。しかし、それだけではやっていけないのも商いであった。

どこにどれくらいの規模の店を建てるかは、重要な案件であった。

「一度、見てきてくれるかい」

「そうさせていただきまする」

現地を見なければ、なにも決まらない。

引き受けた牧田仁右衛門が、数ヵ月かけて倉吉に新たな淀屋の拠点に向く場所を手に入れた。

「妻に任せても」

「悪いな。夫婦仲を裂くことになるね」

ことがことである。誰にでも任せるというわけにはいかず、牧田仁右衛門の妻でやはり倉吉出身だった梅《うめ》に託された。

「いいえ。妻も旦那さまには恩を受けておりますれば」

牧田仁右衛門が、気にするなと返した。

こうして数年をかけ、倉吉に淀屋の後継が育まれた。

「百万両は送りたかったけどねえ」

茶碗を箱に収めながら、淀屋重當が愚痴った。

「さすがにそれは無理でございましょう」

牧田仁右衛門が、手を振った。

百万両は千両箱にして、じつに千個になる。一度に輸送することもできなくはないが、どう少なく見積もっても荷車にして百五十はいる。

一つの荷車は一人の引き手に二人の押し手、交代用の人足二人で運用する。百五十の荷車だとじつに七百五十人になった。

そこに警固の者を付ければ、八百人。数十万石の大名が参勤交代で連れて歩く数に匹敵する。

それだけの行列を商人がしたてるなど、幕府が黙っているはずはなかった。

「どれくらいいけるか」

「なんとか二十万両」

「二十万両か……少ないねえ」

しみじみと淀屋重當がため息を吐いた。

「残りを御上にくれてやることになるのは、業腹《ごうはら》だよ」

淀屋重當が歯がみをした。

「いずれを期待いたしましょう。平家物語ではございませんが、諸行《しょぎょう》は無常。御上も永遠には続きませぬ」

「その前に淀屋《うち》が潰《つい》えるじゃないか」

慰《なぐさ》めた牧田仁右衛門に淀屋重當がふてくされた。

二

淀屋重當の前から下がった牧田仁右衛門は、広大な店のなかに与えられた住居へ帰った。

「……一人きりか」

すでに牧田仁右衛門の妻、子供らは倉吉へ移している。

食事と風呂を母屋《おもや》でさせてもらっている牧田仁右衛門にとって、家は寝るだけの場所でしかなかった。

「大番頭さま」

常着のまま横になっていた牧田仁右衛門に床下から声が聞こえた。

「……出てきてくれていいと言っているだろう。床下や天井裏からいきなり声をかけられるのは、見張られているようで気持ちが悪い」

牧田仁右衛門が、苦情を言った。

「性分なもので。顔を見られるとどうも落ち着きませず」

部屋の隅に影が湧いた。

「顔を見せなくてもいい。姿だけはなんとかしてくれ」

やむなく牧田仁右衛門が、妥協した。

「そのように」

影がうなずいた。

「どうだい、御上は」

「まだ表だってはなにも」

訊いた牧田仁右衛門に影が首を横に振った。

「馬鹿どもは」

「出ます」

影が断言した。

「警固の牢人が五人も付いてるんだよ」

牧田仁右衛門が、驚いた。

「二人が転びました」

「井頭さんは」

裏切っていると告げた影に、牧田仁右衛門が目を細くした。

「あのお方は、ものが見えますよ」

影が否定した。

「どこで来る。丹波《たんば》街道か」

襲撃場所を牧田仁右衛門が予測した。

「いいえ。今頃襲われているでしょう」

「なっ、まだ大坂だぞ」

影の返事に牧田仁右衛門が驚いた。

「逃げこみやすいからでしょう」

大坂は江戸ほどではないが、繁華な天下の台所である。住んでいる者は多いし、流れ入ってくる者、出ていく者もいる。また、水路が縦横にはりめぐらされており、重いものの運搬にも苦労しない。

「落ち葉を隠すなら林のなかか」

「なかなかに切れる者がいるようで」

影が感心して見せた。

「相手の数は」

「すべて把握できたとは思っておりませんが、十人」

問うた牧田仁右衛門に影が両手のひらを突き出した。

「少ないね」

「警固が二人敵に回っても、困りませんな」

二人が余裕を見せた。

「となると問題は、その後……」

「さすがに日中では、死人を隠せません」

牧田仁右衛門と影が眉間にしわを寄せた。

「金を遣うしかないね。誰の縄張りか調べておいておくれ」

その辺りを見廻る町方に鼻薬をと牧田仁右衛門が言った。

「へい」

用はすんだと影が立ちあがりかけた。

「ああ、大番頭さん。一つ確認を」

「なんだい」

牧田仁右衛門が、促した。

「全部殺してしまっても」

「裏に誰かいるのなら生かさないといけないけど、ただの強盗なら要らないよ」

剣呑《けんのん》な雰囲気を出した影に、平然と牧田仁右衛門が応じた。

「……行ったか」

影が消えた。牧田仁右衛門が、ため息を吐いた。

「旦那さまに汚れたまねをしていただくわけにはいかない。わたしが差配しなければ。これこそ店を支える大番頭の仕事」

一人になった牧田仁右衛門が目を閉じた。

「相手が町奉行であろうが、城代であろうが……将軍でも淀屋の暖簾を好きにはさせぬぞ」

牧田仁右衛門が、決意を新たにした。

荷車の千両箱には、何枚もの薦《こも》がかけられており、外からはなにを運んでいるかわからないようになっている。

それを淀屋の半被《はっぴ》を着た人足が牽き、そのうえ周囲を目つきの鋭い牢人が守るように囲んでいる。

淀屋の名前と、牢人の武力。

「……………」

向かいから来る者はあわてて道を空け、急ぎの者は行列を追い越すのではなく、辻を変える。

「あれは」

行列の差配も兼ねている井頭が、前方で川面を見つめる牢人に目を付けた。

「……こちらを意識しないようにしている」

井頭が呟いた。

これだけの数の一行が来れば、誰もが一度は目を向けてくる。それで淀屋の看板、牢人の威圧を受けて、すっと目をそらす。

「来るのを知っていたという感じだな」

同僚の牢人が井頭に近づいてささやきかけた。

「ああ」

井頭が同意した。

「岸辺の船も怪しい」

もやっている船のいくつかは、なかが見えないように屋根が付いていた。これは最近のはやりで、米問屋の旦那衆が雨でも堂島の米市場へ行き来できるようにと作らせたものであった。

「左側の辻もだな」

井頭の警戒に同僚の牢人が付け加えた。

「まだ、大坂を出るどころか、北浜を終えたところだぞ」

小さく井頭が嘆息した。

「千両箱を奪ったあと、そのまま船で逃げ出すつもりだろう」

同僚の牢人が予想した。

「用意をさせてくれ」

「わかった」

井頭の指示に応じて、同僚の牢人が他の者のところへと向かった。

「三之助《さんのすけ》どの」

同行している淀屋の手代に井頭が声をかけた。

「なにか」

まったく気付いていない手代が、首をかしげた。

「襲撃がござる。三之助どのは、荷車の側から離れられぬよう」

「えっ」

なにを言われたのか、三之助と呼ばれた手代は、まだ事態を飲みこめていなかった。

「敵が参る。肚《はら》をくくられよ」

低く響く声で井頭が三之助に気合いを入れた。

「へ、へいっ」

飛びあがるようにして三之助が、荷車の側へと近づいた。

「今じゃ」

川面を見つめていた牢人が、行列との距離が十間（約十八メートル）くらいとなったところで大声を発した。

「来るぞ。荷車を守れ」

井頭が刀を抜いて、同僚たちに対応を命じた。

「おう」

「やるぜ」

同僚の牢人たちも太刀を抜いて、吠《ほ》えた。

「なんだ、なんだ」

偶然居合わせた町人たちが、白刃のきらめきに騒ぎ出した。

「強盗だ。誰か、町奉行所へ報せてくれ」

襲うほうを焦《あせ》らせる意味と、援軍を求めるために、井頭が居合わせた者たちに頼んだ。

「そうだ、町奉行所へ……」

呆然としていた町人の数人が井頭の指示で駆け出した。

「逃げ出した者は放っておけ。狙いは金だけ」

見張り役を務めていた牢人が叫んだ。

「金じゃあ」

「やってしまえ」

船から、辻から牢人と無頼が湧いてきた。

「少ないな」

さっと人数を読んだ井頭が目を細めた。

「警固の倍とはいえ、こっちには人足もいる」

力仕事をするだけに人足はなかなかに強い。さすがに人を斬るだけの度胸はないだろうが、十分自衛はできた。

「甘いな、勘定が」

井頭が鼻で嗤った。

「……………」

笑いを消した井頭が、襲いかかってくる無頼と牢人へと走った。

「一人で突っこんできやがった」

「仕留めろ」

無頼は長脇差《ながどす》を、牢人は太刀を抜いて、井頭へ対処しようとした。

「来ぬのか、なればこちらから」

一足一刀の位置に付いた井頭を、無頼と牢人は取り囲むだけでかかってこなかった。

「やああ」

鋭い気合い声に乗せて、井頭が太刀を振った。

「なんの」

牢人の一人がこれを受け止めた。

「ぬん」

「……えいやあ」

井頭が止められた太刀を横薙《よこな》ぎに変えた。

「……うわああ」

太刀の切っ先が牢人の顔を薄く斬った。

「やられた、やられた」

最後の戦いである島原《しまばら》、天草《あまくさ》の乱からでも六十年経っている。誰も戦を経験したことなどない。斬られるという痛みに、敵の牢人がわめいた。

「あほうが」

情けなくも井頭の相手から逃げた牢人を無頼が罵った。

「かすっただけやないか」

無頼がすばやく牢人の代わりを務めた。

「少しは腹が据わっているな」

井頭が感心した。

「守りに徹すればええんやからな」

「なんだとっ」

襲う側が守る。

わけがわからないと井頭が混乱した。

「うおっ、なにをする。金山《かなやま》」

「来るな。儂は味方ぞ」

後ろで聞き慣れた仲間の悲鳴がした。

「……金山、高良《こうら》。裏切っただと」

振り向いた井頭が、仲間へ刃《やいば》を向ける警固に加わっていた二人の牢人を確認した。

「愚かな。淀屋を敵にして、大坂で生きていけるわけなどなかろうに」

井頭が唖然とした。

「大坂でなければ、いいだけだろう」

行列の供をしていた牢人が口を挟んだ。

「なめているな、淀屋を。淀屋が本気を出せば、どこにも潜むことはできぬぞ」

「隠れキリシタンは、まだいるだろう」

原城《はら》で根切りされたはずのキリシタンが、ときどき見つかって磔《はりつけ》にされている。

そのことを見張り役の牢人が言った。

「やる気のない役人と、地縁血縁で生きている連中とを一緒にするな。そのようなものは、小判の力の前には勝てぬぞ」

そう告げて、井頭が裏切った者のところへと足を向けた。

「行かせぬよ」

見張り役の牢人が手を振った。

「動くな」

「じっとしていたら、終わるぜ」

襲ってきた牢人と無頼が井頭へと切っ先を向けた。

「はあぁ」

井頭があきれた。

「このていどで儂を止められるとでも」

「…………」

口の端をゆがめた井頭に、無頼と牢人が息を呑んだ。

「タイ捨流井頭左近《さこん》。推して参る」

太刀を担いだ井頭が突っこんだ。

三

最初に狙われた無頼が、井頭の気迫に射竦《いすく》められた。

「ひっっ」

一刀で無頼を屠《ほふ》った井頭が、隣の牢人に下段からの斬りあげを放った。

「……次っ」

下腹を割かれた牢人が、溢れるように出た己の青白い腸《はらわた》を見て、蒼白になった。

「こんな……」

井頭ににらまれた無頼の腰が引けた。

「今度は……」

「ひいい」

「落ち着け。勝たずともよいのだぞ。しっかりと守れ」

川沿いで待ち伏せしていた牢人が無頼を激励した。

無頼が長脇差をしっかりと握り直した。

「あ、そうだ」

その長脇差を井頭が上段からの斬り落としで叩き折った。

「……へっ」

長脇差の半分がなくなったことに無頼が呆《ほう》けた。

「死んどけ」

井頭が脇差を抜きざまに投げた。

「……かはっ」

胸を貫かれた無頼が血を吐いて沈んだ。

「ば、ばけものだっ」

「こっちが多いんだぞ。それが……死にたくねえ」

楽な仕事だと軽い気落ちで参加した無頼たちが震えあがった。

「守れ、守れ。あと少しで二百両だぞ」

見張り役の牢人が具体的な褒賞の金額を口にして、鼓舞《こぶ》しようとした。

「二百両……」

「命と引き換えにできる金額だな」

井頭の戦いぶりを見ていた牢人たちが前に出てきた。

「無駄よ」

「死んだ連中の分け前も生きてる者で分けるぞ」

それに待ちかまえていた牢人が煽《あお》るように付け加えた。

「戦わなければいい」

「ああ。互いに互いの背中を預け合えば、大丈夫だ」

さらなる上乗せに牢人たちの士気があがった。

「むっ」

数人を倒せば、烏合《うごう》の衆など崩れると思っていた井頭の思惑《おもわく》が外れた。

「ぎゃっ」

その時待ちかまえていた牢人の後ろで苦鳴がした。

「なんだ……」

後ろに目をやった牢人が目を剝いた。いつのまにか、備えとして後ろにいたはずの二人が倒れていた。

「なにやつっ」

代わって立っていた男を見張り役の牢人が誰何した。

「………」

それに答えることなく、男が地を這《は》うようにして前に出た。

「ぐああ」

同時に井頭の後ろでも絶叫が響いた。

「誰かやられたか」

井頭が首だけでそちらを見ると、裏切った金山と高良が血に染まって沈んでいた。

「失敗だ、逃げろっ」

見張り役の牢人がそう言いながら最初に背を向けたが、数歩もいかないうちに倒れた。

「降参する」

「た、助けて」

残っていた牢人と無頼が得物を捨てて降伏の意思を示した。

「…………」

男たちは転がった得物には一瞥《いちべつ》もくれずに、生きている者を片付けていった。

「おぬしたちは……いや、助かった。礼を言う」

誰かを問う前に助けてもらった礼をすべきだと、井頭が頭をさげた。

「淀屋の……」

あらためて正体を尋ねようと顔をあげた井頭は、言葉を失った。

そこにはすでに人の影さえなかった。

「……淀屋の闇か」

淀屋に敵対して、法度外れのまねをした者が跡形もなく消えてしまうとの噂を井頭は知っていた。

「金に魅了されたら、儂もああなるか」

血潮に浸《ひた》っている金山と高良とは、もう何年も淀屋の荷車を警固する役目を一緒にしてきた。

「二百両……か。たしかに目がくらむほどの大金だな。生涯遊んで暮らせる」

一両あれば贅沢とまではいわないが、一ヵ月は相当な生活をできる。二百両あれば、十五年は余裕で生きていける。

「生涯とはいかんな。調子に乗って新町で遊べば、五年ほどで潰える金額でしかない」

計算した井頭が苦笑した。

「安すぎたぞ、おぬしたちの命は」

井頭が金山と高良を片手で拝んだ。

緊急の対応に、月番など関係なかった。

「淀屋の荷車が……」

大坂東町奉行所へ、井頭から頼まれた町人が駆けこんだ。

「……淀屋の」

たちまち奉行所が騒がしくなった。

「なにがあった」

増し役の中山出雲守は、蚊帳《かや》の外に置かれている。

「調べて参りましょう」

部屋の隅で控えていた左内が、出ていった。

「殿」

戻ってきた左内の顔色は悪い。

「いかがした」

「淀屋の荷車が襲われたそうでございまする」

問われた左内が報告した。

「大坂でか」

「西横堀《にしよこぼり》の辺りだとか」

確認した中山出雲守に左内がうなずいた。

「淀屋と目と鼻の先ではないか」

中山出雲守が驚愕した。

「一体、誰が、なにを狙った」

「詳細はまったく」

訊いた中山出雲守に、左内が申しわけなさそうにした。

「ああ、そなたのせいではない」

中山出雲守が手を振って、左内を慰撫《いぶ》した。

「しかし、こういうときに手の者がおらぬのは……」

お情けで東町奉行所から与力、同心をもらったが、もともとできる人物を出すわけもなく、役立たずばかりであった。

「山中は……」

「なんとか遣えるが、用のあるときに側にいなくては不便だ」

廻り方同心に据えて、いろいろと大坂の噂などを集めさせている。こちらが重要であり十分に役に立っている。とはいえ、一人しかいない。警固をさせたかったが、とても一人ではこなせない。

「呼び戻しまするか」

「どうやって」

左内の発言に中山出雲守が目を細めた。

「淀屋の廻りをうろついているようでございますれば、そのあたりを探せば見つかるかと」

「任せる。説明もの」

中山出雲守が左内の考えを認めた。


小鹿は噂の出所がわかったところで、その裏の事情を調べようとしていた。

「淡路守さまか……」

譜代大名ではあるが、三万石の小藩で代々役目とは縁の薄い家柄であった。

「淀屋を敵に回して、どうする気や」

小鹿には淡路守の留守居役がなにを考えているかわからなかった。

「吾が探し出せるくらいだ。あの老中との仲が云々という噂を誰が流したかなど淀屋は気づいているはず。このままではすむまいよ」

理由はどうあれ、悪意には悪意で報いるのが商人である。

「もう一つはもっと面倒だな」

老中云々という噂など放っておけば十日ほどで消えていく。一ヵ月もすれば、そういえば耳にしたことがあるなくらいになり、三ヵ月ですっかり忘れ去られる。

物見高い大坂だが、実利の伴わない噂への対応など、そんなものであった。

「淀屋が慶長小判での支払いしか受け付けないというのは、知る人ぞ知るだしなあ」

蔵屋敷を見ていても、なにかが見つかるわけではなかった。そもそも町方役人では、陪臣とはいえ、武士になにかをする権利はない。

「北浜に戻るか」

小鹿が堂島川の岸辺に近づいた。

「対岸へ行くのか」

舫《もや》い綱を解こうとしている小舟に、小鹿が目を付けた。

「渡りまっか」

船頭が訊いてくれた。

こういうとき町方役人の格好は役に立つ。なにせ黒羽織で着流し、帯に赤房の十手を差している。一目で町方同心とわかる。

「悪いが、乗せてくれ」

「ちいとお待ちを。船をもう一度岸に……」

船頭が舫い綱を結び直そうとした。

「そのままでええ」

手を振って、小鹿が岸を蹴った。

「えっ、なにをっ」

上から船へ飛び降りる。不安定な川面に浮かんでいる小舟に、それだけの重さが一気に加わる。重心が揺れて、下手をすると転覆してしまいかねず、船頭が驚いたのも当然であった。

「…………」

「へっ」

まったく船を揺らすことなく両足を同時に突いた小鹿に、船頭が唖然とした。

「驚かしたか」

小鹿が笑った。

「……天狗《てんぐ》じゃあ」

船頭が怖れの目を小鹿に向けた。

「天狗が十手を持つか。これぐらい町方同心なら誰でもできる。できなかったら、悪人を逃がすだろう。どんな奴よりも身体が動かないと務まらん」

「そういうもんでやすか」

「ああ。そういうもんだ」

まだ首をかしげている船頭に、小鹿が強弁した。

「……助かった」

堂島川の川幅はさほどではないが、渡るための橋が少ない。

米市場を堂島へ移した淀屋が自前で橋を架けてはいるが、これは店から堂島の米市場へ渡るのに不便だという理由によるもので、淀屋の専用橋であった。

もちろん、淀屋と関係の深い商人などは使わせてもらっているが、米市場に関係のない町方役人が渡ろうとすれば、嫌な顔をされる。

というより警戒された。

米市場は一応町奉行所の管轄ではあるが、その実務はすべて淀屋が執りおこなっている。いわば淀屋の城である。そこへ幕府の手を入れれば、反発された。

「すべてを町奉行所に明け渡せ」

幕府はいつ無理を言ってくるかわからない。

米市場はできてまだ歴史が浅く、慣れている淀屋が運営しているからどうにか稼働できている。

今、幕府が米市場を接収したら、右も左もわからない状況になるだけで、まともに機能しなくなる。

「…………」

しかし、幕府が巨大な利権である米市場を、武家経済の中心である米の動きを、手に入れたいと考えているのはまちがいない。

「いずれは……」

淀屋もあきらめてはいる。泣く子と地頭《じとう》には勝てないのだ。

「少しでも先に延ばす。そのためには役人にうろつかれては困る」

算盤も置けない武家だが、なかには勘定を理解できる切れ者もいる。

そういった連中は、何回か米市場の様子を見ただけで、なにがどうなっているかを理解する。

専門の知識と読み、情報を得る手段のすべてがそろわないと米相場には手を出せないが、幕府はどれも持っている。なにせ旗本だけで、数千人をこえる。百人に一人の逸材が、数十人から百人いる。

淀屋は米市場を商人だけのものにしようとしていた。

「じゃあの」

船を蹴って、小鹿がふわりと対岸の岸辺へ跳びあがった。

「やっぱり、天狗や」

船頭が口を開けたままで見送った。

四

岸にあがった小鹿は、目の前にそびえ立つ淀屋の蔵群に圧倒された。

「見慣れているつもりやったが……」

小鹿が足を止めて、首を左右に動かした。

「目に入るすべてが、淀屋のもの」

これだけで淀屋が、そこいらの大名とは格が違うとわかる。

「目も付けられるわ」

中山出雲守が淀屋を気にするのも当然だと小鹿は納得した。

「ああ、いた。山中どの」

「左内どの」

立ちすくんでいるようにも見える小鹿に、左内が小走りに近づいてきた。

「いかがなされた」

左内は中山出雲守の家臣、つまりは陪臣である。端くれとはいえ、直参の小鹿がていねいな応対をするのは、中山出雲守の腹心というのもあるが、左内が内与力という役目に就いているからであった。

内与力とは、町奉行所役人と赴任してきた町奉行との間を取り持つ役目である。町奉行所の与力とも話ができるように、上から押さえつけられず町奉行の意思を通すためであった。

「お奉行さまがお呼びでござる」

家臣ならば敬称を主に付けることはできないが、内与力としてならば問題ない。

「出雲守さまが……」

「ご存じないようだが、じつはさきほど……」

怪訝な顔をした小鹿に左内が語った。

「淀屋の荷を奪おうとするなど……」

小鹿は信じられなかった。

「まちがいござらぬ。おかげで東町奉行所は大騒ぎになっておりまする」

「でしょうな」

左内の話に小鹿が納得した。

淀屋が毎年町奉行所へくれる合力金は、けたが違っていた。ちょっとした大店でも二十両も出してくれれば御の字なところに、南北で合わせて千両出してくれる。

まさに淀屋は大坂町奉行所の大得意であった。

その淀屋に手出しを、それも町奉行所の管轄である大坂でされた。

「考えさせていただきます」

無駄金を嫌う大坂商人の代表淀屋が、そのまま合力金を続けてくれるとは思えない。

「話になりまへんなあ」

多くの大坂商人も、淀屋に倣《なら》う可能性も高い。

それこそ町奉行所役人の生活が危なくなる。

「とはいえ、お奉行さまは動けぬ」

「役に立ちませぬか」

名前は出さなかったが、一緒に中山出雲守付にされた連中のことを小鹿は一応確認した。

「お奉行さまが呼ばれたのは山中どのだけでござる」

役に立たないと言外に左内が首を横に振った。

「手が足りませぬな」

小鹿が状況を認識した。

「なれば、出雲守さまに後ほど戻りまするとお伝えを」

「調べてからと」

すぐに左内が小鹿の言葉の意味を理解した。

「では、そのように」

左内が首肯した。


一度奉行所へ戻る手間を小鹿は嫌った。

「西横堀の川沿いか」

小鹿はまっすぐ堂島川に従って、西へと進んだ。

北浜から西横堀までは近い。

「いくら荷車を押していたからといって、こんな場所で襲うか」

現場に着いた小鹿が驚いた。

「……それにしても勢揃いだな」

小鹿が集まっている町奉行所の役人たちの数に嘆息した。

「おうおう、筆頭与力さま直々に見参か。娘が持って帰ってくる金だけでは足りぬと見ゆるわ」

そのなかに和田山内記介の姿を見つけた小鹿が嘲笑《ちょうしょう》した。

町奉行所の筆頭与力の権威は高い。よほどのことか、蔵屋敷の役人と町奉行所が揉めでもしないかぎり、まず筆頭与力が出張ることはなかった。

「とはいえ、吾もここでは場違いじゃな」

小鹿が苦笑した。

「おっ。右真もいるな」

和田山内記介に命じられたのか、野次馬たちを追い払っている竹田右真を小鹿はなんともいえない気分で見た。

「さて、どうするか」

小間使いにされている竹田右真のことよりも、己のことである。

小鹿が思案した。

こういうとき町奉行所同心の姿は目立つ。今は、東西の両町奉行所の同心総出なので気にされていないが、いずれ誰かが小鹿に気づく。

「なにをしている。邪魔立てをするな。出ていけ」

そうなると和田山内記介が、黙って見逃してくれるはずはなかった。

「出雲守さまのお指図で参った」

抗弁しても、

「儂から出雲守さまにはお報せする。廻り方同心として経験の浅いそなたは役に立たぬどころか、我らの足を引っ張りかねぬ」

和田山内記介は相手にしない。

「なれど……」

「こやつをつまみ出せ。探索を阻害《そがい》する」

さらに言い募《つの》れば、和田山内記介が配下たちに命じるのはわかっている。

「はっ」

たちまち数人の同心と御用聞きが小鹿の周囲を固めるために寄ってきて、

「頼む」

「あとでな」

かつての同僚から拝まれてしまう。

「わかった」

小鹿のために同僚だった者たちが、和田山内記介に叱られるのは本意ではないし、辛い。小鹿は引くしかなくなる。

「……仕方ないか」

小鹿は現場から少し離れた。

「すごかったな」

「あれほどの町方の旦那を見たことはないで」

追い払われた野次馬が、口々に話をしながら人だかりから外れてきた。

「すまん」

「へ、へい」

「なんですやろ」

町方同心とわかる小鹿に声をかけられた野次馬が緊張した。

「いや、脅すつもりも怖がらせるつもりもない」

小鹿が手を振った。

「ちょっと話を聞かせて欲しいんや」

「話……でっか」

「それやったらお仲間はんに」

野次馬たちが困惑した。

「わかるやろう、一人でいてるだけで」

あいまいな笑いを小鹿が浮かべた。

「あっ、手柄の独り占め」

「なるほど」

野次馬たちが勝手に推測してくれた。

「見ての通り、若いからな。どうしても軽く扱われるんや」

小鹿はその勘違いを利用することにした。

「わかりまっせ。わたいら職人もそうでっさかい」

「やなあ。腕があっても、尻が青いとか言われてなあ」

二人の野次馬が、昔を思い出したように憤慨《ふんがい》した。

「吾も今回のことからはぶかれててなあ。なんもわからん。知ってたら最初から教えてくれんか」

小鹿が頼んだ。

「最初からいうても、わたいらも見てたわけやおまへんけど」

「そこで耳に挟んだことでよろしければ」

「助かる」

野次馬たちの条件を小鹿は受け入れた。

「ほな、わたいから」

少し歳嵩《としかさ》に見える職人が、話し始めた。

「ことの一部始終を見てた商人らしいのが、町方の旦那に説明しているのを聞いたところやと……」

歳嵩の職人が語った。

「待ち伏せか……」

小鹿が難しい顔をした。

「行列の差配をしていた者とかの話は聞けなんだか」

「それが……」

問うた小鹿に歳嵩の職人が隣を見た。

「みようなんですわ」

若いほうの職人も不思議そうな表情をしていた。

「ほう……」

興味を持ったとばかりに小鹿が身を乗り出した。

「それがでっせ。どれほど町方の旦那が事情を訊こうとしても、一切喋《しゃべ》りませんねん」

「なんと」

「筆頭与力とかいう、お偉い人が尋ねても何一つ言いはりませんでしたわ」

歳嵩の職人が繰り返した。

「どういうこっちゃ」

小鹿が首をかしげた。

「兄貴」

「……やな」

若い職人のどうするかという問いかけに、歳嵩の職人がうなずいた。

「真実《ほんま》かどうかはわかりまへんねんけどな。さっきの商人とは別で最初から見ていたらしい人足がちらと口にしたのが聞こえただけやねんけど……」

より一層、歳嵩の職人が声を小さくした。

「……警固役の牢人が寝返っていたらしい」

「馬鹿なっ」

思わず小鹿が大きな声をあげた。

「旦那、あきまへんって」

あわてて歳嵩の職人が、小鹿を諫《いさ》めた。

「すまん。つい……なっ」

小鹿が詫びた。

「淀屋の雇用人が裏切った」

「信じられまへんやろ」

繰り返した小鹿に歳嵩の職人が同じ思いだと告げた。

「金は十分にもらってるやろうに」

人足もそうだが、淀屋は奉公人の手当も厚い。

「大番頭の仁右衛門はんは、千両もろうてる」

噂の一つに過ぎないが、淀屋の大番頭牧田仁右衛門の給金については高いと知られている。江戸で大店と呼ばれる商家で、帳場を預かる大番頭に一年で百両払っているところがないわけではないが、両手の指の数には足りない。

もちろん、大番頭だけではない。さすがに小僧は衣食住の保証と藪入りの小遣いていどだろうが、手代、番頭になると自前の商家の主並みか、それ以上にもらえる。そのためか、淀屋の奉公人はそう簡単に辞めなかった。

「なんとか……」

「是非《ぜひ》、うちのせがれを」

空きがなかなかでないから、新規の募集も少ない。

米市場の開設などもあり、新規募集がまったくないわけではないが、それでも娘一人に婿百人といった状況であった。

その淀屋の用心棒が裏切る。

用心棒は、牢人の仕事である。大概は一日三百文ていどで、いつまでという期間を定めて雇われる。

「いい人だね」

何年も真面目に務めているとそのうちに信頼を得ることができるようになり、

「ずっとうちにお願いできますか」

常雇いになることができた。

明日、病に倒れるか、仕事にあぶれて飢えるか。死と隣り合わせの状況でも刀を捨てて町人になることのできない牢人たちにとって、武士らしい用心棒という仕事は憧れである。

とくに給金の払いがいいだけでなく、食事の面倒も見てくれる淀屋の人気は高い。

「淀屋の仕事を棒に振るほど……」

「なんですやろう」

小鹿と歳嵩の職人が首をかしげた。

「なにをしているんでぇ」

そこへ割りこんできた人物がいた。

「とんぼりの御吉」

「御用聞き……」

「確かでないことを口にするんじゃねえ」

驚いた小鹿を目で黙らせ、とんぼりの御吉が職人たちを追い払った。

「どうも」

「ああ、ちょっと待ってくれ。酒代だ」

逃げるように背を向けた職人を止めて、小鹿が小粒金を一つ渡した。小粒金はその名前の通り、指先ほどの金の塊《かたまり》で、重さで価値が変わる。

小鹿が渡したのは、小指の爪先半分ほどのもので、銭にして三百文あるかないかといったていどのものであった。

「こいつは、おおきにはんで」

「兄貴、酒が呑めまっせ」

職人たちが頭をさげて、去っていった。

「……旦那。あんまりよろしくござんせんよ。東西両奉行所が出張ってるところに、増し役さまの配下がうろつくのは」

他人の縄張りに手を出すなと、とんぼりの御吉が小鹿に諫言《かんげん》をした。

「こっちの親玉が、調べてこいと言われるんでな」

小鹿もとんぼりの御吉には慣れている。苦笑を浮かべて、黙って帰ることはできないと反論した。

「増し役さまにしては耳が早い」

とんぼりの御吉が驚いた。

「あのお方さまがうろついて騒ぎたてたんじゃねえか」

小鹿がうろたえた和田山内記介が原因だろうと嗤った。

「……さあ」

同意するわけにはいかない。

「まあ、どうでもええことやけどな」

すっと小鹿は和田山内記介のことを頭のなかから追い出した。伊那を商人の妾にすると聞いたときから、小鹿のなかで和田山内記介の影は小さなものでしかなくなっていた。

「……御吉。淀屋の用人棒が裏切ったちゅうのは、ほんまか」

「あいつらに聞こえていたということは、じきに大坂中に広まりますなあ」

職人たちの背中を遠くに見ながら、とんぼりの御吉が嘆息した。

「わたいがばらしたとは言いっこなしでっせ」

「わかってる」

念を押したとんぼりの御吉に小鹿がうなずいた。

「二人がいきなり寝返ったそうでっせ。本人も強盗の頭も死んでますよって、経緯はわかりまへんが」

「考えられん話やと思うたけど……よほどの餌を吊り下げられたな」

「でっしゃろ」

小鹿の意見に、とんぼりの御吉が同意した。

「金やな。女の筋は薄いだろう。女がらみやと足が付きやすいしな」

もし女にそのかされたか誘われたなら、裏切った者を調べれば、いきあたるのは容易であった。

飯を喰い、衣服を纏《まと》う、家を借りる、人一人が痕跡を消すことは不可能であった。

「淀屋以上の金を呈示されたていどで裏切るか」

「ちょっとでもものの見えるお人なら、倍でも断りまっせ」

二人が顔を見合わせた。

「生涯喰えるくらいの金を一括……」

「おそらく」

小鹿の推測をとんぼりの御吉が認めた。

「なんで淀屋ではなく、荷を狙う。用心棒ならば、淀屋本人を襲うことも、蔵から金を持ち出すこともできるやろう」

「それは無理でっせ。淀屋の旦那は、そうそう人前に現れませんし、蔵には厳重な鍵がかかってる。それに千両箱は重い」

とんぼりの御吉が否定した。

慶長小判は一枚四匁七分六厘（約十八グラム）と決まっている。これが千枚集まると五千匁近くになる。そこに千両箱の重さが加わる。落としても重ねても壊れないように作られた千両箱は分厚い板に補強の金属が打ち付けられている。金と箱、合わせて五貫（約二十キログラム）近くになった。

「素早く逃げるには向かんなあ」

小鹿が腕を組んだ。

「御吉、襲われた荷はなんや」

「それがわかりまへんねん。あの行列を差配しているという用心棒が、淀屋の者《もん》が来るまでは、誰にも触らせぬと」

淀屋の用心棒頭ともなれば、淀屋重當とも会える。

「東町奉行所の者が……」

苦情でも淀屋重當に言われれば、町奉行か筆頭与力が詫びにいかなければならなくなる。それほど町奉行所役人にとって淀屋の怒りは怖ろしい。

「金か」

「おそらく」

裏切り者は、金を手に入れて大坂から逃げるつもりだったと思案した小鹿に、とんぼりの御吉が首を縦に振った。

「淀屋がどこに金を」

商いの支払いは、売り手が金を取りに来る。蔵屋敷から買った米の代金は、その藩の役人が警固の武士を連れて受け取る。

淀屋が請け負った幕府の普請などの場合は、大坂城まで取りに行く。

どう考えても淀屋から金が運び出される理由がなかった。

「手に負える話じゃねえぞ」

「でやすねえ。竹田の旦那にも力を入れすぎるのはまずいと話をいたしやせんと」

とんぼりの御吉の顔色も変わった。

「なにかわかったら、頼む。礼はする」

追加の情報があればと願って、小鹿は中山出雲守へ報告するためその場を後にした。

さすがに店の目と鼻の先で荷が襲われたとあっては、隠し通せるものではない。

「申しわけもございませぬ」

淀屋重當の前で牧田仁右衛門が平伏した。

「顔をあげてくださいな」

「いえ、わたくしの目が届かず」

そこまでせずともよいと言った淀屋重當に、牧田仁右衛門は一層額を床に押しつけた。

「違いますよ。裏切った二人が人生を安売りする馬鹿だったからです。仁右衛門のせいじゃありません。どちらかといえば、それを見抜けなかったわたしが足りなかった」

淀屋重當が首を横に振った。

「金を運んでいるというのも、その二人から漏れたのでしょうか。そこが気になりますね」

いつまでも謝罪と寛容を繰り返している場合ではないと、淀屋重當が話を進めた。

「はい。あの二人と盗賊にどのような伝手があったのか……」

「なにより数百両ほどの金に転ぶほど、あの二人は甘くはない」

大番頭と主の目が鋭く光った。

「淡路守さまの老中推薦というみょうな話も出て参りましたし」

「淀屋が偽金を造っているという噂も」

二人の目が交錯した。

「御上ではないでしょう」

「はい。このような回りくどいまねをせずとも、御上なら淀屋を潰せます」

首を左右に振った淀屋重當に、牧田仁右衛門が同意した。

「狙いはなんでしょうか」

「おそらくは金」

尋ねた淀屋重當に牧田仁右衛門が答えた。

「ちょっと露骨に慶長小判を集めすぎましたか」

「元禄小判なんぞもらっても困ります」

反省する淀屋重當に牧田仁右衛門がしかたないことだと告げた。

「誰だと思います」

淀屋重當が訊いた。

「わざと面倒を起こさせ、それを解決することで当家に恩を着せたい西国大名の大藩かとも思いまするが、外様大名では淡路守を老中にしてやると言ったところで信用されませぬ」

西国には福岡黒田家、熊本《くまもと》細川家、鹿児島島津家と五十万石をこえる大大名がいる。されど外様大名でしかなく、幕政への影響力はほとんどない。

「となると……」

牧田仁右衛門の答えに淀屋重當が声を低くした。

「当家の金を切実に欲していて、御上にも影響を及ぼせ、用心棒を裏切らせるだけのものを用意できる……」

「用心棒を裏切らせるだけのもの。金でなければ……武士としての身分」

続けた淀屋重當の末尾を牧田仁右衛門が口にした。

「武士を生み出しておきながら押さえつけられているところを、淀屋の金で天下を取り返せると……」

「…………」

淀屋重當の結論に牧田仁右衛門が無言で肯定を示した。

本書は文庫書下ろし作品です。

|著者|上田秀人　1959年大阪府生まれ。大阪歯科大学卒。'97年小説CLUB新人賞佳作。歴史知識に裏打ちされた骨太の作風で注目を集める。講談社文庫の「奥右筆秘帳」シリーズは、「この時代小説がすごい！」（宝島社刊）で、2009年版、2014年版と二度にわたり文庫シリーズ第一位に輝き、第３回歴史時代作家クラブ賞シリーズ賞も受賞。抜群の人気を集める。初めて外様の藩を舞台にした「百万石の留守居役」シリーズなど、文庫時代小説の各シリーズのほか歴史小説にも取り組み、『孤闘　立花宗茂』で第16回中山義秀文学賞を受賞。他の著書に『竜は動かず　奥羽越列藩同盟顛末（上下）』など。総部数は1000万部を超える。2022年第７回吉川英治文庫賞を「百万石の留守居役」シリーズで受賞した。
上田秀人公式HP「如流水の庵」http://www.ueda-hideto.jp/

流言《りゅうげん》　武商繚乱記《ぶしょうりょうらんき》（三）
上田秀人《うえだひでと》

講談社文庫
定価はカバーに
表示してあります

2024年３月15日第１刷発行

KODANSHA

発行者――森田浩章
発行所――株式会社　講談社
東京都文京区音羽2-12-21　〒112-8001
電話　出版（03）5395-3510
　　　販売（03）5395-5817
　　　業務（03）5395-3615
Printed in Japan

デザイン―菊地信義
本文データ制作―講談社デジタル製作
印刷―――TOPPAN株式会社
製本―――株式会社国宝社

ISBN978-4-06-534760-7

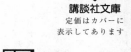

講談社文庫刊行の辞

二十一世紀の到来を目睫に望みながら、われわれはいま、人類史上かつて例を見ない巨大な転換期をむかえようとしている。

世界も、日本も、激動の予兆に対する期待とおののきを内に蔵して、未知の時代に歩み入ろうとしている。このときにあたり、創業の人野間清治の「ナショナル・エデュケイター」への志を現代に甦らせようと意図して、われわれはここに古今の文芸作品はいうまでもなく、ひろく人文・社会・自然の諸科学から東西の名著を網羅する、新しい綜合文庫の発刊を決意した。

激動の転換期はまた断絶の時代である。われわれは戦後二十五年間の出版文化のありかたへの深い反省をこめて、この断絶の時代にあえて人間的な持続を求めようとする。いたずらに浮薄な商業主義のあだ花を追い求めることなく、長期にわたって良書に生命をあたえようとつとめるところにしか、今後の出版文化の真の繁栄はあり得ないと信じるからである。

同時にわれわれはこの綜合文庫の刊行を通じて、人文・社会・自然の諸科学が、結局人間の学にほかならないことを立証しようと願っている。かつて知識とは、「汝自身を知る」ことにつきていた。現代社会の瑣末な情報の氾濫のなかから、力強い知識の源泉を掘り起し、技術文明のただなかに、生きた人間の姿を復活させること。それこそわれわれの切なる希求である。

われわれは権威に盲従せず、俗流に媚びることなく、渾然一体となって日本の「草の根」をかたちづくる若く新しい世代の人々に、心をこめてこの新しい綜合文庫をおくり届けたい。それは知識の泉であるとともに感受性のふるさとであり、もっとも有機的に組織され、社会に開かれた万人のための大学をめざしている。大方の支援と協力を衷心より切望してやまない。

一九七一年七月

野間省一

講談社文庫 最新刊

佐々木裕一 魔《ま》眼《がん》の光〈公家武者信平《のぶひら》ことはじめ(十五)〉

備後の地に、銃密造の不穏な動きあり。徳川の世存亡の危機に、信平は現地へ赴く。

甘糟りり子 私、産まなくていいですか

産みたくないことに、なぜ理由が必要なの？妊娠と出産をめぐる、書下ろし小説集！

半藤一利 人間であることをやめるな

「昭和史の語り部」が言い残した、歴史の楽しさと教訓。著者の歴史観が凝縮した一冊。

半藤末利子 硝子戸のうちそと

一族のこと、仲間のこと、そして夫・半藤一利氏との別れ。漱石の孫が綴《つづ》ったエッセイ集。

堀川アサコ 殿の幽便配達〈幻想郵便局短編集〉

あの世とこの世の橋渡し。恋も恨みも友情も、とどかない想いをかならず届けます。

前川裕 逸脱刑事

こだわり捜査の無紋大介。事件の裏でうごめく人間を明るみに出せるのか？〈文庫書下ろし〉

ごとうしのぶ 卒業

大切な人と、再び会える。ギイとタクミ、そして祠《し》堂《どう》の仲間たち――。珠玉の五編。

和久井清水 かなりあ堂迷鳥草子《めいちょうぞうし》3 夏塒《なつねぐら》

花鳥庭園を造る夢を持つ飼鳥屋《かいとりや》の看板娘が「鳥」の謎を解く。書下ろし時代ミステリー。

講談社文芸文庫

吉本隆明

わたしの本はすぐに終る　吉本隆明詩集

解説＝高橋源一郎　年譜＝高橋忠義

よB11

978-4-06-534882-6

つねに詩を第一と考えてきた著者が一九五〇年代前半から九〇年代まで書き続けてきた作品の集大成。『吉本隆明初期詩集』と併せ読むことで沁みる、表現の真髄。

加藤典洋

人類が永遠に続くのではないとしたら

解説＝吉川浩満　年譜＝著者・編集部

かP8

978-4-06-534504-7

かって無限と信じられた科学技術の発展が有限だろうと疑われる現代で人はいかに生きていくのか。この主題に懸命に向き合い考察しつづけた、著者後期の代表作。

第一巻『戦端』

武家を金の力から守れ

町方同心山中小鹿の嫁は上役の娘だった。嫁の密通を知った小鹿は上役の顔に泥を塗り左遷される。小鹿は新たな上役から想定外の命令を受ける。

2022年7月　講談社文庫

第二巻『悪貨』

豪商の罠に嵌《は》まるわけにはいかぬ

改鋳により小判の価値が下がり、武士は貧窮《ひんきゅう》に陥っていた。町方同心山中小鹿は、廻り方に抜擢《ばってき》され、淀屋の動向を監視、怪しき「穴」を見つける。

2023年4月　講談社文庫

第三巻『流言』

まこと怖きは噂の力なり

大坂城下では、淀屋が老中に喧嘩を売ったという噂が流布する。武士の沽券《こけん》に関わる事態を調べるため、はみだし同心山中小鹿が噂の出所を探る。

2024年3月　講談社文庫

上田秀人作品◆講談社

第7回 吉川英治文庫賞受賞!

百万石の留《る》守《す》居《い》役《やく》 シリーズ

老練さが何より要求される藩の外交官に、若き数馬が挑む!

第一巻「波乱」 2013年11月 講談社文庫

外様第一の加賀《かが》藩。旗本から加賀藩士となった祖父をもつ瀬能数馬《せのうかずま》は、城下で襲われた重臣前田直作《まえだなおなり》を救い、五万石の筆頭家老本多政長《ほんだまさなが》の娘、琴《こと》に気に入られ、その運命が動きだす。江戸で数馬を待ち受けていたのは、留守居役《るすいやく》という新たな役目。藩の命運が双肩にかかる交渉役には人脈と経験が肝心。剣の腕以外、何もない若者に、きびしい試練は続く!

上田秀人作品◆講談社

第一巻『波乱』
2013年11月
講談社文庫

第二巻『思惑』
2013年12月
講談社文庫

第三巻『新参』
2014年6月
講談社文庫

第四巻『遺臣』
2014年12月
講談社文庫

第五巻『密約』
2015年6月
講談社文庫

第六巻『使者』
2015年12月
講談社文庫

第七巻『貸借』
2016年6月
講談社文庫

第八巻『参勤』
2016年12月
講談社文庫

第九巻『因果』
2017年6月
講談社文庫

第十巻『忖度』
2017年12月
講談社文庫

第十一巻『騒動』
2018年6月
講談社文庫

第十二巻『分断』
2018年12月
講談社文庫

第十三巻『舌戦』
2019年6月
講談社文庫

第十四巻『愚劣』
2019年12月
講談社文庫

第十五巻『布石』
2020年6月
講談社文庫

第十六巻『乱麻』
2020年12月
講談社文庫

第十七巻『要訣』
2021年6月
講談社文庫

〈全十七巻完結〉

上田秀人作品◆講談社

奥《おく》右《ゆう》筆《ひつ》秘帳 シリーズ

「筆」の力と「剣」の力で、幕政の闇に立ち向かう圧倒的人気シリーズ！

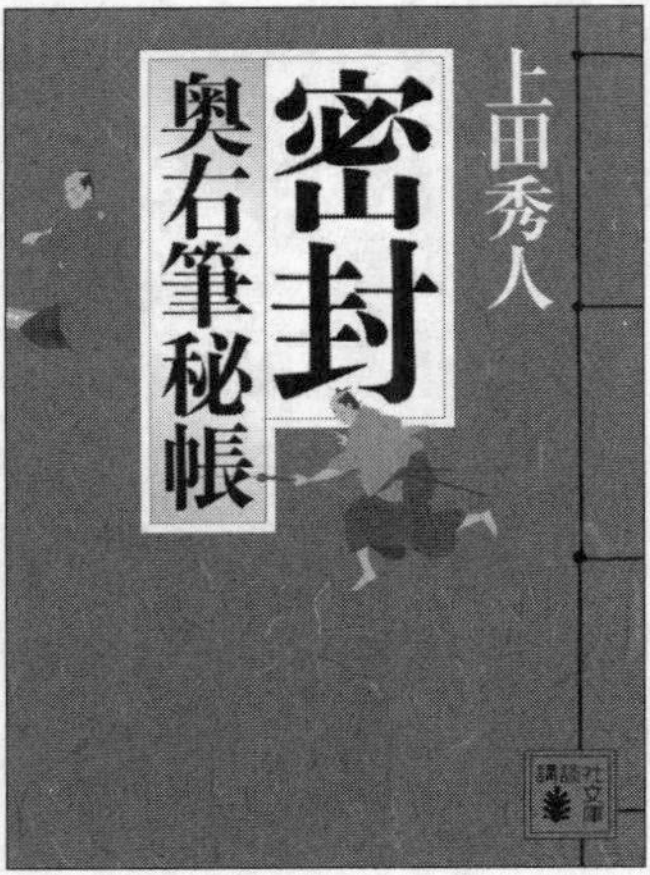

第一巻『密封』2007年9月　講談社文庫

江戸城の書類作成にかかわる奥《おく》右《ゆう》筆《ひつ》組頭《くみがしら》の立花《たちばな》併《へい》右《え》衛門《もん》は、幕政の闇にふれる。帰路、命を狙われた併右衛門は隣家の次男、柊衛悟《ひいらぎえいご》を護衛役に雇う。松平定信《まつだいらさだのぶ》、将軍家斉《いえなり》の父・一橋治済《ひとつばしはるさだ》の権をめぐる争い、甲賀《こうが》、伊賀《いが》、お庭番の暗闘に、併右衛門と衛悟は巻き込まれていく。「この時代小説がすごい！」（宝島社刊）でも二度にわたり第一位を獲得したシリーズ！

上田秀人作品◆講談社

第一巻
『密封』
2007年9月
講談社文庫

第二巻
『国禁《こっきん》』
2008年5月
講談社文庫

第三巻
『侵蝕《しんしょく》』
2008年12月
講談社文庫

第四巻
『継承』
2009年6月
講談社文庫

第五巻
『簒奪《さんだつ》』
2009年12月
講談社文庫

第六巻
『秘闘』
2010年6月
講談社文庫

第七巻
『隠密』
2010年12月
講談社文庫

第八巻
『刃傷』
2011年6月
講談社文庫

第九巻
『召抱《めしかかえ》』
2011年12月
講談社文庫

第十巻
『墨痕《ぼっこん》』
2012年6月
講談社文庫

第十一巻
『天下』
2012年12月
講談社文庫

第十二巻
『決戦』
2013年6月
講談社文庫

〈全十二巻完結〉

前夜 奥右筆外伝

併右衛門、衛悟、瑞紀《みずき》をはじめ
宿敵となる冥《めい》府《ふ》防人《さきもり》らそれぞれの
「前夜」を描く上田作品初の外伝！

2016年4月
講談社文庫

上田秀人作品◆講談社

梟《ふくろう》の系譜 宇喜多四代

戦国の世を生き残れ！
梟雄と呼ばれた宇喜多秀家の真実。

織田、毛利、尼子《あまこ》と強大な敵に囲まれた備前に生まれ、勇猛で鳴らした祖父能家《よしいえ》を裏切りで失い、父と放浪の身となった直家《なおいえ》は、宇喜多《うきた》の名声を取り戻せるか？

『梟の系譜』2012年11月　講談社単行本
2015年11月　講談社文庫

軍師の挑戦 上田秀人初期作品集

斬新な試みに注目せよ。
上田作品のルーツがここに！

デビュー作「身代わり吉右衛門」（「逃げた浪士」に改題）をふくむ、戦国から幕末まで、歴史の謎に果敢に挑んだ八作。上田作品の源泉をたどる胸躍る作品群！

『軍師の挑戦』2012年4月　講談社文庫

上田秀人作品◆講談社

竜は動かず 奥羽越列藩同盟顛末

〈上〉万里波濤編
〈下〉帰郷奔走編

世界を知った男、玉虫左太夫は、奥州を一つにできるか？

仙台の下級藩士の出ながら、江戸で学問を志した玉虫左太夫に上田秀人が光を当てる！
勝海舟、坂本龍馬と知り合い、遣米使節団の一行として、世界をその目に焼きつける。
郷里仙台では、倒幕軍が迫っていた。この国の明日のため、左太夫にできることとは？

〈上〉万里波濤編
2016年12月　講談社単行本
2019年５月　講談社文庫

〈下〉帰郷奔走編
2016年12月　講談社単行本
2019年５月　講談社文庫

上田秀人公式ホームページ「如流水の庵」
http://www.ueda-hideto.jp/

講談社文庫「百万石の留守居役」ホームページ
http://kodanshabunko.com/hyakumangoku/

講談社文庫「奥右筆秘帳」ホームページ
http://kodanshabunko.com/okuyuhitsu/

講談社文庫　目録

上田秀人　忖《そん》度《たく》〈百万石の留守居役(十)〉
上田秀人　騒動〈百万石の留守居役(十一)〉
上田秀人　分断〈百万石の留守居役(十二)〉
上田秀人　舌戦〈百万石の留守居役(十三)〉
上田秀人　愚劣〈百万石の留守居役(十四)〉
上田秀人　布石〈百万石の留守居役(十五)〉
上田秀人　乱麻〈百万石の留守居役(十六)〉
上田秀人　要《よう》訣《けつ》〈百万石の留守居役(十七)〉
上田秀人　梟《ふくろう》の系譜〈宇喜多四代〉
上田秀人　竜は動かず　奥羽越列藩同盟顛末　(上)万里波濤編　(下)帰郷奔走編
上田秀人　戦端〈武商繚乱記(一)〉
上田秀人　悪貨〈武商繚乱記(二)〉
上田秀人ほか　どうした、家康
内田　樹　下流志向〈学ばない子どもたち　働かない若者たち〉
内田　樹　釈　徹宗　現代霊性論
上橋菜穂子　獣の奏者〈Ⅰ闘蛇編〉
上橋菜穂子　獣の奏者〈Ⅱ王獣編〉
上橋菜穂子　獣の奏者〈Ⅲ探求編〉
上橋菜穂子　獣の奏者〈Ⅳ完結編〉
上橋菜穂子　獣の奏者〈外伝　刹那〉
上橋菜穂子　物語ること、生きること
上橋菜穂子　明日は、いずこの空の下
上野　誠　万葉学者、墓をしまい母を送る
海猫沢めろん　愛についての感じ
海猫沢めろん　キッズファイヤー・ドットコム
冲方　丁　戦の国
上田岳弘　ニムロッド
上野　歩　キリの理容室
内田英治　異動辞令は音楽隊！
遠藤周作　ぐうたら人間学
遠藤周作　聖書のなかの女性たち
遠藤周作　さらば、夏の光よ
遠藤周作　最後の殉教者
遠藤周作　反逆(上)(下)
遠藤周作　ひとりを愛し続ける本
遠藤周作　周作塾〈読んでもタメにならないエッセイ〉
遠藤周作　新装版　海と毒薬
遠藤周作　新装版　わたしが・棄てた・女
遠藤周作　深い河《ディープ・リバー》〈新装版〉
江波戸哲夫　新装版　銀行支店長
江波戸哲夫　集団左遷
江波戸哲夫　新装版　ジャパン・プライド
江波戸哲夫　起業の星
江波戸哲夫　ビジネスウォーズ〈カリスマと戦犯〉
江波戸哲夫　リストラ事変〈ビジネスウォーズ2〉
江上　剛　頭取無惨
江上　剛　企業戦士
江上　剛　リベンジ・ホテル
江上　剛　起死回生
江上　剛　瓦礫の中のレストラン
江上　剛　非情銀行
江上　剛　東京タワーが見えますか。
江上　剛　慟哭の家
江上　剛　家電の神様
江上　剛　ラストチャンス　再生請負人
江上　剛　ラストチャンス　参謀のホテル
江上　剛　一緒にお墓に入ろう

小川洋子　密やかな結晶〈新装版〉
乙川優三郎　霧の橋
乙川優三郎　喜知次
乙川優三郎　蔓の端々
乙川優三郎　夜の小紋
恩田陸　三月は深き紅の淵を
恩田陸　麦の海に沈む果実
恩田陸　黒と茶の幻想(上)(下)
恩田陸　黄昏の百合の骨
恩田陸　薔薇のなかの蛇
恩田陸　『恐怖の報酬』日記〈酩酊混乱紀行〉
恩田陸　きのうの世界(上)(下)
恩田陸　七月に流れる花/八月は冷たい城
奥田英朗　新装版ウランバーナの森
奥田英朗　最悪
奥田英朗　マドンナ
奥田英朗　ガール
奥田英朗　サウスバウンド
奥田英朗　オリンピックの身代金(上)(下)
奥田英朗　ヴァラエティ
奥田英朗　邪魔(上)(下)〈新装版〉
乙武洋匡《さとし》　五体不満足〈完全版〉
大崎善生　聖の青春
大崎善生　将棋の子
小川恭一　江戸の旗本事典〈歴史・時代小説ファン必携〉
奥泉光　プラトン学園
奥泉光　シューマンの指
奥泉光　ビビビ・ビ・バップ
折原みと　制服のころ、君に恋した。
折原みと　時《とき》の輝き
折原みと　幸福のパズル
大城立裕　小説 琉球処分(上)(下)
太田尚樹　満州 裏史〈甘粕正彦と岸信介が背負ったもの〉
太田尚樹　世紀の愚行〈太平洋戦争・日米開戦前夜〉
大島真寿美　ふじこさん
大泉康雄　あさま山荘銃撃戦の深層(上)(下)
大山淳子　猫弁〈天才百瀬とやっかいな依頼人たち〉
大山淳子　猫弁と透明人間
大山淳子　猫弁と指輪物語
大山淳子　猫弁と少女探偵
大山淳子　猫弁と魔女裁判
大山淳子　猫弁と星の王子
大山淳子　猫弁と鉄の女
大山淳子　猫弁と幽霊屋敷
大山淳子　雪猫
大山淳子　イーヨくんの結婚生活
大倉崇裕　小鳥を愛した容疑者
大倉崇裕　蜂に魅《ひ》かれた容疑者〈警視庁いきもの係〉
大倉崇裕　ペンギンを愛した容疑者〈警視庁いきもの係〉
大倉崇裕　クジャクを愛した容疑者〈警視庁いきもの係〉
大倉崇裕　アロワナを愛した容疑者〈警視庁いきもの係〉
大鹿靖明　メルトダウン〈ドキュメント福島第一原発事故〉
荻原浩　砂の王国(上)(下)
荻原浩　家族写真
小野正嗣　九年前の祈り
大友信彦　オールブラックスが強い理由〈世界最強チーム勝利のメソッド〉
乙一　銃とチョコレート

講談社文庫　目録

織守《おりがみ》きょうや　霊感検定
織守きょうや　霊感検定〈心霊アイドルの憂鬱〉
織守きょうや　霊感検定〈春にして君を離れ〉
織守きょうや　少女は鳥籠《とりかご》で眠らない
おーなり由子　きれいな色とことば
岡崎琢磨　病弱探偵〈謎は彼女の特効薬〉
小野寺史宜《ふみのり》　その愛の程度
小野寺史宜　近いはずの人
小野寺史宜　それ自体が奇跡
小野寺史宜　縁《ゆかり》
小野寺史宜　とにもかくにもごはん
大崎　梢　横濱エトランゼ
太田哲雄　アマゾンの料理人〈世界一の"美味しい"を探して僕が行き着いた場所〉
小竹正人　空に住む
岡本さとる　駕籠屋《かごや》春秋　新三《しんざ》と太十《たじゅう》
岡本さとる　質屋の娘〈駕籠屋春秋　新三と太十〉
岡本さとる　雨やどり〈駕籠屋春秋　新三と太十〉
岡崎大五　食べるぞ！世界の地元メシ
荻上直子　川っぺりムコリッタ

小原周子　留子さんの婚活
海音寺潮五郎　新装版　江戸城大奥列伝
海音寺潮五郎　新装版　孫子(上)(下)
海音寺潮五郎　新装版　赤穂義士
加賀乙彦　新装版　高山右近
加賀乙彦　ザビエルとその弟子
加賀乙彦　殉教者
加賀乙彦　わたしの芭蕉
柏葉幸子　ミラクル・ファミリー
勝目　梓　小説家
桂　米朝　米朝ばなし〈上方落語地図〉
笠井　潔　梟《ふくろう》の巨《おおい》なる黄昏《たそがれ》
笠井　潔　青銅の悲劇〈瀕死の王〉(上)(下)
笠井　潔　転生の魔〈私立探偵飛鳥井の事件簿〉
川田弥一郎　白く長い廊下
神崎京介　女薫の旅　放心とろり
神崎京介　女薫の旅　耽溺《たんでき》まみれ
神崎京介　女薫の旅　秘に触れ
神崎京介　女薫の旅　禁の園へ

神崎京介　女薫の旅　欲の極み
神崎京介　女薫の旅　青い乱れ
神崎京介　女薫の旅　奥に裏に
神崎京介　I　LOVE
加納朋子　ガラスの麒麟〈新装版〉
角田光代　まどろむ夜のUFO
角田光代　恋するように旅をして
角田光代　人生ベストテン
角田光代　ロック母
角田光代　彼女のこんだて帖
角田光代　ひそやかな花園
角田光代　石田衣良　ほか　こどものころにみた夢
川端裕人　せちやん〈星を聴く人〉
川端裕人　星と半月の海
片川優子　ジョナさん
神山裕右　カタコンベ
神山裕右　炎の放浪者
加賀まりこ　純情ババアになりました。
門田隆将　甲子園への遺言〈伝説の打撃コーチ高畠導宏の生涯〉

講談社文庫　目録

講談社文庫　目録

京極夏彦　文庫版　狂骨《きょうこつ》の夢《ゆめ》
京極夏彦　文庫版　鉄《てっ》鼠《そ》の檻《おり》
京極夏彦　文庫版　絡新婦《じょろうぐも》の理《ことわり》
京極夏彦　文庫版　塗仏《ぬりぼとけ》の宴《うたげ》―宴の支度
京極夏彦　文庫版　塗仏の宴―宴の始末
京極夏彦　文庫版　百鬼夜行―陰
京極夏彦　文庫版　百器徒然袋―雨
京極夏彦　文庫版　百器徒然袋―風
京極夏彦　文庫版　今昔続百鬼―雲
京極夏彦　文庫版　陰摩羅鬼《おんもらき》の瑕《きず》
京極夏彦　文庫版　邪《じゃ》魅《み》の雫
京極夏彦　文庫版　今昔百鬼拾遺―月
京極夏彦　文庫版　死ねばいいのに
京極夏彦　文庫版　ルー＝ガルー〈忌避すべき狼〉
京極夏彦　文庫版　ルー＝ガルー2〈インクブス×スクブス　相容れぬ夢魔〉
京極夏彦　文庫版　地獄の楽しみ方
京極夏彦　分冊文庫版　姑獲鳥《うぶめ》の夏(上)(下)
京極夏彦　分冊文庫版　魍魎《もうりょう》の匣《はこ》(上)(中)(下)
京極夏彦　分冊文庫版　狂骨《きょうこつ》の夢《ゆめ》(上)(中)(下)

京極夏彦　分冊文庫版　鉄《てっ》鼠《そ》の檻《おり》　全四巻
京極夏彦　分冊文庫版　絡新婦《じょろうぐも》の理《ことわり》　全四巻
京極夏彦　分冊文庫版　塗仏《ぬりぼとけ》の宴《うたげ》　宴の支度《したく》(上)(中)(下)
京極夏彦　分冊文庫版　塗仏《ぬりぼとけ》の宴《うたげ》　宴の始末《しまつ》(上)(中)(下)
京極夏彦　分冊文庫版　陰摩羅鬼《おんもらき》の瑕《きず》(上)(中)(下)
京極夏彦　分冊文庫版　邪魅《じゃみ》の雫(上)(中)(下)
京極夏彦　分冊文庫版　ルー＝ガルー〈忌避すべき狼〉(上)(下)
京極夏彦　分冊文庫版　ルー＝ガルー2〈インクブス×スクブス　相容れぬ夢魔〉(上)(下)
北森　鴻　親不孝通りラプソディー
北森　鴻　花の下にて春死なむ〈香菜里屋シリーズ1〈新装版〉〉
北森　鴻　桜　宵〈香菜里屋シリーズ2〈新装版〉〉
北森　鴻　螢　坂〈香菜里屋シリーズ3〈新装版〉〉
北森　鴻　香菜里屋を知っていますか〈香菜里屋シリーズ4〈新装版〉〉
北村　薫　盤上の敵〈新装版〉
木内一裕　藁の楯
木内一裕　水の中の犬
木内一裕　アウト＆アウト
木内一裕　キッド
木内一裕　デッドボール

木内一裕　神様の贈り物
木内一裕　喧　嘩　猿
木内一裕　バードドッグ
木内一裕　不愉快犯
木内一裕　嘘ですけど、なにか？
木内一裕　ドッグレース
木内一裕　飛べないカラス
木内一裕　小麦の法廷
木内一裕　ブラックガード
北山猛邦　『クロック城』殺人事件
北山猛邦　『アリス・ミラー城』殺人事件
北山猛邦　私たちが星座を盗んだ理由
北山猛邦　さかさま少女のためのピアノソナタ
北　康利　白洲次郎　占領を背負った男(上)(下)
貴志祐介　新世界より(上)(中)(下)
岸本佐知子　編訳　変《ヘン》愛《アイ》小説集
岸本佐知子　編　変愛小説集　日本作家編
木原浩勝　文庫版　現世《うつしよ》怪談(一)　主人の帰り
木原浩勝　文庫版　現世怪談(二)　白刃の盾

講談社文庫　目録

木原浩勝　増補改訂版もう一つの「バルス」〈―宮崎駿と『天空の城ラピュタ』の時代―〉
木原浩勝　増補改訂版ふたりのトトロ〈―宮崎駿と『となりのトトロ』の時代―〉
喜国雅彦　国樹由香　メフィストの漫画
喜国雅彦　国樹由香　本格力〈本棚探偵のミステリ・ブックガイド〉
清武英利　石つぶて〈警視庁　二課刑事の残したもの〉
清武英利　しんがり〈山一證券　最後の12人〉
清武英利　トッカイ〈不良債権特別回収部〉
喜多喜久　ビギナーズ・ラボ
岸見一郎　哲学人生問答
木下昌輝　つわもの
黒岩重吾　新装版　古代史への旅
栗本　薫　新装版　ぼくらの時代
黒柳徹子　窓ぎわのトットちゃん　新組版
倉知　淳　新装版　星降り山荘の殺人
熊谷達也　浜の甚兵衛
倉阪鬼一郎　八丁堀の忍
倉阪鬼一郎　八丁堀の忍(二)〈大川端の死闘〉
倉阪鬼一郎　八丁堀の忍(三)〈遥かなる故郷〉
倉阪鬼一郎　八丁堀の忍(四)〈隻腕の抜け忍〉
倉阪鬼一郎　八丁堀の忍(五)〈討伐隊、動く〉
倉阪鬼一郎　八丁堀の忍(六)〈死闘、裏伊賀〉
黒田研二　神様の思惑
黒木　渚　壁の鹿
黒木　渚　本性
黒木　渚　檸檬の棘
久坂部羊　祝葬
黒澤いづみ　人間に向いてない
久賀理世　奇譚蒐集家　小泉八雲〈白衣の女〉
久賀理世　奇譚蒐集家　小泉八雲〈終わりなき夜に〉
雲居るい　破《は》蕾《らい》
鯨井あめ　晴れ、時々くらげを呼ぶ
鯨井あめ　アイアムマイヒーロー！
窪　美澄　私は女になりたい
くどうれいん　うたうおばけ
黒崎視音　マインド・チェンバー〈警視庁心理捜査官〉
決戦！シリーズ　決戦！関ヶ原
決戦！シリーズ　決戦！大坂城
決戦！シリーズ　決戦！本能寺
決戦！シリーズ　決戦！川中島
決戦！シリーズ　決戦！桶狭間
決戦！シリーズ　決戦！関ヶ原2
決戦！シリーズ　決戦！新選組
決戦！シリーズ　決戦！賤ヶ岳
決戦！シリーズ　決戦！忠臣蔵
決戦！シリーズ　風雲〈戦国アンソロジー〉
小峰　元　アルキメデスは手を汚さない
今野　敏　ST　警視庁科学特捜班
今野　敏　ST　警視庁科学特捜班　エピソード1〈新装版〉
今野　敏　ST　警視庁科学特捜班　毒物殺人〈新装版〉
今野　敏　ST　警視庁科学特捜班〈黒いモスクワ〉
今野　敏　ST　警視庁科学特捜班〈青の調査ファイル〉
今野　敏　ST　警視庁科学特捜班〈赤の調査ファイル〉
今野　敏　ST　警視庁科学特捜班〈黄の調査ファイル〉
今野　敏　ST　警視庁科学特捜班〈緑の調査ファイル〉
今野　敏　ST　警視庁科学特捜班〈黒の調査ファイル〉
今野　敏　ST　為朝伝説殺人ファイル〈警視庁科学特捜班〉
今野　敏　ST　桃太郎伝説殺人ファイル〈警視庁科学特捜班〉
今野　敏　ST　沖ノ島伝説殺人ファイル〈警視庁科学特捜班〉

講談社文庫　目録

香月日輪　地獄堂霊界通信④
香月日輪　地獄堂霊界通信⑤
香月日輪　地獄堂霊界通信⑥
香月日輪　地獄堂霊界通信⑦
香月日輪　地獄堂霊界通信⑧
香月日輪　ファンム・アレース①
香月日輪　ファンム・アレース②
香月日輪　ファンム・アレース③
香月日輪　ファンム・アレース④
香月日輪　ファンム・アレース⑤（上）（下）
近衛龍春　加藤清正〈豊臣家に捧げた生涯〉
木《この》原《はら》音《なり》瀬《せ》　箱の中
木原音瀬　美しいこと
木原音瀬　秘密
木原音瀬　嫌な奴
木原音瀬　罪の名前
木原音瀬　コゴロシムラ
近藤史恵　私の命はあなたの命より軽い
小泉凡　怪談四代記〈八雲のいたずら〉

小松エメル　夢の燈《ほ》影《かげ》〈新選組無名録〉
小松エメル　総司の夢
呉勝浩　道徳の時間
呉勝浩　ロスト
呉勝浩　蜃気楼の犬
呉勝浩　白い衝動
呉勝浩　バッドビート
こだま　夫のちんぽが入らない
こだま　ここは、おしまいの地
古波蔵保好　料理沖縄物語
ごとうしのぶ　いばらの冠〈ブラス・セッション・ラヴァーズ〉
古泉迦十　火蛾
小《こ》池《いけ》水《みず》音《ね》　〈小説〉こんにちは、母さん
講談社校閲部　〈熟練校閲者が教える〉間違えやすい日本語実例集
佐藤さとる　〈コロボックル物語①〉だれも知らない小さな国
佐藤さとる　〈コロボックル物語②〉豆つぶほどの小さないぬ
佐藤さとる　〈コロボックル物語③〉星からおちた小さなひと
佐藤さとる　〈コロボックル物語④〉ふしぎな目をした男の子
佐藤さとる　〈コロボックル物語⑤〉小さな国のつづきの話

佐藤さとる　〈コロボックル物語⑥〉コロボックルむかしむかし
佐藤さとる　天狗童子
佐藤さとる／絵／村上勉　わんぱく天国
佐藤愛子　新装版　戦いすんで日が暮れて
佐木隆三　慟哭〈小説・林郁夫裁判〉
佐木隆三　身分帳
佐高信　石原莞爾その虚飾
佐高信　わたしを変えた百冊の本
佐高信　新装版　逆命利君
佐藤雅美　ちよの負けん気、実の父親〈物書同心居眠り紋蔵〉
佐藤雅美　へこたれない人〈物書同心居眠り紋蔵〉
佐藤雅美　わけあり師匠事《こと》の顛末〈物書同心居眠り紋蔵〉
佐藤雅美　御奉行の頭の火照《ほて》り〈物書同心居眠り紋蔵〉
佐藤雅美　敵討《かたき》ちか主殺しか〈物書同心居眠り紋蔵〉
佐藤雅美　江戸繁昌記〈寺門静軒無聊伝〉
佐藤雅美　青雲遙かに〈大内俊助の生涯〉
佐藤雅美　悪足掻《あが》きの跡始末　厄介弥三郎
佐藤雅美　恵比寿屋喜兵衛手控え〈新装版〉
酒井順子　負け犬の遠吠え

2023年12月15日現在